LIFE

松波太郎

講談社

LIFE

装幀　100% ORANGE／及川賢治

目次

LIFE

1

「国民のみなさんおひとりおひとりのご期待・ご要望・ご支援に誠心誠意きちんとおこたえできたか、わたくし自身正直自信がない部分もあるにはありますけれども、〝だらだら且ぶらぶら〟をみなさんのために三六五日徹底してきたことには、国王としておおきな誇りを感じており、今は晴れやかなきもちで国民のみなさんおひとりおひとりとこのように相対《あいたい》しております。今までどうもありがとう。この壇上に立って今こみあげてくる思いというものは、もちろんのこと、一つではありません。さまざまな思いがないまぜになっておりますが、あえてそれらを一つの言葉で言うならば、やはり〝感謝〟の一語しかないように思います。国王であるわたくしを今まで支えてくださいまして大変感謝しております。どうもありがとう、国民のみなさん。あなたがたがいなければこの国は成り立ちえませんでした。わたくしはこの国に住むみなさんが一番だと思っております。尊敬かつ信用しております。これは美辞麗句ではありません。とりたてて他国に誇るもののない国ではありますが、ただ一つ、国民と国の信頼関係は胸を張って誇ることのできるものだと自負しております。国民との信頼関係こそが、この国のすべてでした。国民のみなさんどうもありがとう。今日この場でわたくしはこれまでのみなさんにたいする感謝の意を何度も表すことになるかと思います。そして今後ともこの国のことをどうぞよろしくお願いいたします。今日このような集会のために時間を割いて来てもらったことにも、大変感謝しております。このような集会に時間を割かせてしまうこと自体、国民の自由の保障というこの国の理念に反していることかもしれませんが、本日、今回に限ってなにとぞご勘弁いただきたいのは、わたくしのほうからあなたがたにむけて大切なお話があるからです。国民ひとりひとりが毎日だらだら且ぶらぶらと暮らすことのできる天国のような国。そのような国是をかかげて建国したこの国において、このようにストレスのたまる集会等の行事は極力避けなくてはなりません。それはみなさんも重々ご承知のことと思います。実際これまでこのような集会を避けてきたあまり、本日はじめてわたくしのことを目にするひともいるかもしれません。はじめまして、わたくしが国王です。最後までどうぞよろしく。本日はこのホールと公園のほうに、十万以上の方がお集まりのようです。どうもありがとうございます。みなさんもこの集会の重要性を認識しているものと思います。天気はそれなりにいいと思いますけれど、天気がいくらよかろうとかったるいことにはかわりない中、ここまでご足労いただきどうもありがとうございます。感謝しております。実はわたくしもこのような集会を催すのはかったるいのです。それでも催さなくてはいけない責務を感じて、今わたくしはこの壇上に立っているのです。なにとぞご理解ください。そもそもわたくしが初代の国王となったのは、こんな国があったらいいなという、純粋かつ単純な思いからはじまったものでした。以前わたくしがくらしていた国にたいする不満、と言ってはすこしずれるような気もしますが、そのような類の感情をいだき、一念発起国を立ちあげることとしたのです。以前の国は、一言で言うと、筋肉質なマッチョな国でした。その国の学校の授業にあった体育という科目が苦手だったわたくしとしては、マッチョであることが一番の問題で、それさえなければ以前くらしていた国も案外住み心地のよい国だったと思います。大手を振ってだらだら且ぶらぶらのできない国だったのです。そしてわたくしは、毎日だらだら且ぶらぶらできる国を夢みて、この国を建国したのです。いたって単純かつ明快な理由です。結果的にわたくしが初代の国王となりましたが、ここにお集まりのどなたかが建国してくれさえすれば、一国民という立場でよかったのです。わたくしは生来のひっこみ思案ということもありますが、そもそも外にでることがめんどくさい出無精でもあったので、できることならば、ほかの誰かにこのような国を建国してほしかったというのが本音です。それは本日この壇上に立ってもかわらぬ本音です。本日が最後ということもあり、この冒頭の時点で、すこし個人的なことを話してくだを巻いているように思われているかもわかりません。ご安心ください。お酒は一滴ものんでおらず、このコップの中に入っているのもジュースです。みなさんのほうはご自由にやってください……とわざわざ言わずとも、みなさんご自由にやる構えですね。私服が大変よくお似合いです。みなさんもご承知のとおり、儀式めいた集会であっても、礼服など身にまとう必要はこの国には一切ありません。この最後の集会まで私服で来てくださるとは、国王として実にうれしいかぎりです。かりに礼服が着たいひとがいらっしゃいましたら、私服として着たらいいのです。なんら不都合なことはありません。わたくしも今日は見ておわかりのとおり、気分転換にスーツなど着てみました。どうでしょう？　似合っていますかね……あぁ、どうもまばらな拍手をありがとう。すいません、催促したみたいで。実のところこのスーツは、以前くらしていた国の成人式という、文字どおり国民一人一人の成人を祝した国民行事、内実今後国の兵力として奉仕する意識を植えつけることが狙いの国民行事に合わせて、母親に購入してもらったものなのです。冠婚葬祭というめんどくさい行事にも着ることのできるよう黒を基調としたこのようなスーツを本日身にまとったのは数年ぶり、思えば、その購入してくれた母親の葬儀以来のこととなります。母親はわたくしが二十八の秋に突然亡くなりました。今日はただオシャレでスーツを着てみたまでのことであり、その母親との思い出話をして感傷にひたりたいわけでもありませんので、どうぞかしこまらず。すいません、すこし辛気臭い話になりかけてしまい。どうぞどうぞ、みなさんのほうはお酒を飲んだり、お菓子をつまんだり、ざっくばらんにやって下さい。それが国民の本来の姿だと思います。あくまで国は国民の黒子にすぎません。この国は国民の自由な言動を真の意味で保障している、つもりです。さきほども申し上げたかもしれませんが、わたくしはこのような国に住みたくて住みたくて、住みたくて住みたくてしょうがなくて、わざわざ建国したのです。現時点で実際にどこまで達成できたか自分でもよくわかりませんが、すくなくとも以前住んでいた国よりは数段マシと、このように自信をもって言うことができます。言うことができるのです。あるいは、三六五日毎日だらだら且ぶらぶらしてきただけといえばそうですので、わざわざ自信をもって言うことでもないのかもしれません。何も成しえていないという見方もあるかもしれません。今後歴史というものが初代国王であるわたくしをどう審判するかはわかりませんが、みなさんもすでにご承知のとおり、わたくしは歴史というものにはまったく関心をもっていない。どうでもいい。どうぞすみやかにお引き取り下さいと思う。現在と線でつながっていようと、関心はもたぬようにする〝歴史無関心主義〟を、一つの国是として貫いてまいりました。周囲の国々ともめんどくさい歴史はありません。国がマッチョになることがなければ、みなさんもマッチョになる必要はないのです。ですので、国王であるわたくしが率先して、本日まで、毎日だらだら且ぶらぶらしてきたわけです。すべてはこの国の現在と未来のため。すべては現在と未来のためなのです」

王様はすこし喉の渇きをおぼえて、卓上のオレンジジュースの入ったコップを手にとった。

「毎日だらだら且ぶらぶらしてきたわけです」

果汁一〇〇％ではあるけれども食品添加物を加えたかのように甘い国産のオレンジのジュー

スを、五〇㎖のむ。

「雨の日も風の日も雪の日も」

以前住んでいた国のオレンジやレモンは苦手だったが、この国のオレンジやレモンなら好んで食べることができる。

「だらだら且ぶらぶらしてきたわけです」

五〇㎖のんでも喉の渇きはとれず、ためしにもう一〇㎖オレンジジュースをのむと、喉の渇きはあっさりと消えた。

「国の長が率先してだらだら且ぶらぶらすることで」

五一〜六〇㎖の間でとれる喉の渇きだったのだ。

「みなさんも心置きなくだらだら且ぶらぶらできたのです」

この国営の〝国民ホール〟には、八七五〇〇人の国民を収容することができる。幅広の巨大な二等辺三角形を描く演壇から、そのまま二つの等辺をのばした扇形のフロアが一階席となっており、横はAaからZzまでアルファベットが座席にふってある。二階席・三階席は帯状で一階をかこんでZz'まである。三階席と天井の間の壁面にはオーロラビジョンがあり、〝国民公園〟に集まる三〇〇〇〇の国民がうつっている。

「理想の国だと思いませんか?」

王様はコップを卓上においた手を、三階席のほうにさしのべた。

「不満のある方がいるようだったら、構わない、さあさあ」

その手で一階席の前列まで円を描き、〝言ってほしい〟とやさしく語をつぐ。

「遠慮なくどうぞ」

喘息もちの人の咳の音がときどきあがるほか、結局声も手もあがらなかった。

「いかがでしょう」

国民公園のほうも同様の状況にあるようだった。

「そうでしょう、理想の国でしょう」

王様が立つ演壇上のスポットライトとオーロラビジョンがはなつ電光以外、ホール内は明かりが落としてある。

「ただ、だらだら且ぶらぶらにも弊害があるのは事実です」

オーロラビジョンを通じた内と外を互いに見やすくするための処置でもある。

「毎日だらだら且ぶらぶら横になっていると、腰が悪くなるのです」

演壇近くにすわる一階席前列の三〇名ほどのほか、八七四七〇人ほどの顔は見えず、暗闇の中で蠢く生物のように見えている。

「腰痛は、だらだら且ぶらぶらの一種の職業病と呼んでもいいかもしれません」

王様は一階席の中央に真剣なまなざしをむけた。

「三六五日、第一線でだらだら且ぶらぶらしてきたことで」

一階席の中央のつぎは二階席の中央、そのつぎは三階席の中央にまなざしをむける。

「わたくしの腰はすでにボロボロなのです」

十五秒おきにまなざしをうつした。

「どうやら最近は、腰の四番目の骨の歪みが、背中、首、頭にまで達しているようなのです」

三階席の中央のつぎはオーロラビジョンにうつして、ふたたび一階席にまなざしをもどす。

「腰の痛みがいろいろなところを蝕みはじめているのです」

一階席左・右、二階席左・右、三階席一周、オーロラビジョン、一階席中央。

「わたくしも三十をこしてもうトシだ」

マイクが拾うくらい大きなため息をはさんだ。

「そろそろ第一線からしりぞく時が来たのだ」

あるいは吐くときに重きをおいた深呼吸かもしれない。

「このトシになってだらだら且ぶらぶらしていていいのだろうかと」

三秒吸って、二秒止め、十秒をつかってゆっくりと吐く。

「そしてすこし立ちあがってみようと思うのです」

自分に言いきかせているようにもきこえる。

「初代の国王として、わたくしはやるべきことはやった」

すこしずつ熱がこもってきているのかもしれない。

「わたくしは国民のみなさんのことを尊敬してきたし」

敬語から断定口調に徐々に切り替わりつつある。

「みなさんもわたくしのことを尊敬してくれたと思う」

誠意をつたえるため、マイクから口を離し地声で言った。

「王国の繁栄はつづく」

このあたりで英語を使ってみたくなったのかもしれない。

「マイ……えーっと……マイ・カントリー・フォーエバー」

照明設備と音響設備を担当する裏方の王妃が、その王様の英語を合図と受けとり、ＢＧＭの再生ボタンを圧した。

「国民のみなさん、今までどうもありがとう」

国民ホール内にロック調のＢＧＭが静かに流れる。

「腰が痛いので、わたくしはそろそろ立ちあがる」

王様の脳裏には集会の最初からこのＢＧＭが流れていた。

「本日がわたくし国王の最後の一日となります」

卓上のコップをふたたび手にとって、王様は五五㎖の甘い甘いオレンジジュースを口にふくんだ。

王様　王様　王様　王様　王様　王様
ぼくも　あなたも　わたしも　きみも　みーんな王様
それぞれの国　それぞれの王　それぞれのライフスァウィル
王様　王様を下りるとき　自分の任務全うしたとき
後任が見つかったとき　国民にお別れ言うとき
さようなら　国民のみなさん　どうもありがとう
ぼくも　あなたも　わたしも　きみも　これからは
院政　院政　院政　院政　院政　院政
院ｓａｙ　ｙｅｓ　下野はしません　ｓａｙ　ｙｅｓ
ぼくは　上皇　あなたは　法皇　わた……

サスペンダーフロムヒダマウンテンズの曲を流していたＣＤラジカセを消して、午後四時からはテレビをつける。

「俊夫じゃないとやっぱだめだな」

猫木《ねこぎ》豊《ゆたか》のここ数年来の日常である。

「俊夫のころの方がよかったな」

このバンドの最後のシングル曲となった〝ＬＩＦＥ〟を聴くと、天国のような国の情景が脳裏にうかぶのである。

今日は冬に逆戻りといった。そうですね。感じよね、はい。大島さん、にしては薄着じゃ？

そうなのよお昼は……

曲調そのものはそれほど好みではないものの、歌詞を気に入っているのである。

「オープニングトークでこけてんな」

折り畳み式の携帯電話を枕の上において、自分の頭のほうは肘枕の上においている。

「アナウンサーもからみづらそう」

枕には切り刻んだストローが詰めこんであり、咳や痰が出づらくなるという情報は、六年前のこの番組で仕入れた。

「俊夫」こんがり小麦の肌にギラついた瞳。「もどってこい」

〝俊夫〟とは俳優の柴俊夫のことであり、五年前の秋までこの午後四時台の情報番組の司会をつとめていた。

「午後四時に合わない顔だったから逆によかったんだよな」

番組が一度コマーシャルに入ったところで、猫木はゆっくりと起き、階段をおりて一階の宝田《たからだ》の部屋に入った。

「おじゃまします」

一階はコンクリの打ち放しになっており、春先でも冷える。

「おじゃましました」

たとえすでに腐れ縁のようになっている同居人の外出中の部屋であっても、入退室の際は律儀に声をかける。

「ぬん？」

ポテトチップスを失敬して二階の自室に戻ると、携帯電話の尻が蛍のように点滅していた。

「誰だ、誰だ」

着信があったことの合図であり、福引きのような心持で電話をひらいた。

「……つッ」

履歴上これで二十八回連続となる〝宝田〟からの着信だったので、すみやかに閉じて、鳩のエサ大まで袋の中で砕いたポテトチップスをつまんでいると、ふたたび〝宝田〟から電話があった。

「L4《エルフォー》みてる」

今度はちゃんと出ると、宝田は開口一番猫木の現在の状況をたずねてきた。

「おまえ、仕事は？」

この時間帯に宝田から電話があるのはめずらしいことだったのでそうたずねると、早退したと宝田はこたえる。

「なんで？」

早退の理由はこたえず、大事な話があるの、三十分後駅前の噴水に来てとなかば一方的に言って電話をきった。

「……Ｌ４みてんのに」

猫木の電話料金を支払っているのは現状では宝田のほうなので、通話時は時として強く出るのである。

「俊夫は、アイツ、天才だったな」

そろそろパジャマから着替える必要があったが、肘枕の地点だけすこしずらして横になったままである。

「俊夫を下げて、大島だなんて」

頭部の位置をずっと同じ経度と緯度で保っていると、地球の重力が一点にのしかかり、だるくなってくるのである。

「ありえない」

その頭のだるさで目をさますことがあるくらいである。

「プロデューサーの顔が見てみたい」

だいたい一日十一時間以上睡眠をとるとそうなる。

「オープニングトークに時候の話題なんて」

地球の重力を分散するため、頭を枕や肘枕からはずしたりするものの、体の左側をついぞ下にすることはない。

「あの頃はもっと良い番組だった」

腰椎の4番（L4）の左側の歪み。

「あの頃はもっと良い番組だった、そう思うだろ、おまえも？」

計五つある腰椎の四番目の歪みが、三、二、一、胸椎、背、首、そして頭にまでおよぼす鈍痛を、噴水前のベンチで待っていた宝田への最終的な言い訳にした。

「……わかんない。あたしレディス4あんまり見たことないから」

正午と午後三時の二回、水を噴くそうだが、猫木はまだ一度も見たことがない。

「でも他局は再放送のドラマとか時代劇ばっかなんだぜ」

宝田の職場の都合により越してきたのは五ヵ月前である。

「……その時間帯あたし仕事でテレビ見れないから」

ねえ、それより五時すぎてるんだけど、と通話時の強気をひきついでいる宝田に、だるいんだ頭がとのみ告げた。

「……で、何、大事な話って？」

猫木の中ではこのあとの外食のほうに関心がむいていた。

「頬をなぜる風がなんだか心地いい」

宝田はときどき詩情にとんだ言葉を口にしようとする。

「はい？」

〝文学少女〟と猫木はときどき呼んでいた。

「なんだか雨のにおいがする」

猫木はこみあげてきた笑いを奥歯で噛みころして、もしもーし、と声をかけた。

「春ってこういう季節だったのね」

石段の横をカップ酒や缶チューハイをもって行きつ戻りつする年配のひとたちがいる。

「……あのね」

さきほど想像していた国の国民に条件が合っているものの、実際の姿を目のあたりにするとすこし訂正したくなる。

「四日前にわかってはいて、確定したのが今日なんだけど」

できたみたいなの、あかちゃん、という肝心の言葉はその自国の国民たちの足音に食われぎみだった。

「ぬん？　みたい？」

言葉尻をしつこくとらえた猫木にたいして、みたいっていうか今日病院で妊娠が確定した、と宝田は強めに返す。

「……身におぼえがないんですけど」

四日前の自分でおこなう簡易検査によりあらかた準備ができていたのか、あたし産むよ、とすこし沈黙したあと宝田はひかえめに宣言した。

〈……オレにこども〉

オギャーオギャーと泣きながらやってくる約三〇〇〇グラムの生命体。

〈……生活圧迫すんだろうな〉

猫木の頭の中にある〝あかちゃん〟の典型である。

〈二代目の誕生か〉

その一方で、自国の国民を見つづけていると徐々に前向きにもとらえはじめる。

〈二代目の即位もやっちゃうか〉

そろそろ〝だらだら且ぶらぶら〟を引退しようとずっと思いつづけてもいた。

〈オレの最後の演説のあとにでも〉

給料は半分くらいになるけれど産休をとるという宝田の依然ひかえめな声のあとに、猫木は言った。

「だったら籍入れっか」

同じ名字にしといた方が都合いいだろうしという言葉も飛びだしたが、結局〝結婚〟の二文字はでなかった。

「……それで、この四日間考えたっていうか元々考えてて」

宝田もその二文字を期待していなかったようで、話をあっけなく先にすすめた。

「病院じゃなくて助産院で産みたいの」

後者が〝ジュサンイン〟ときこえた猫木ではあるものの、とりあえず理由を問いただし、その実体に迫ろうと考えた。

「男性じゃなくて女性にとりあげてほしいの」

理由はそれだけかときくと、まだあると即答する。

「あとは自然分娩がよくて」「ベン？　何の？」

〝こどもを産む〟意味だと教えられる。

「……知ってますけど」

医者主導で薬をのむ分娩に疑問をもっているようである。

「オレも医者きらいだからそっちのジュサンインでいいよ」

金額的な差はほとんどないことを伝えたこともあり納得した猫木を見て、宝田は栓をぬいたように脱力して「がんばろ」と自分にむけてつぶやき、日の落ちかけた西の空を見上げた。

「おい文学少女」

その西の空をややまぶしげに見上げるしぐさが、猫木の目にそううつったのである。

〈しっかしオレに二代目か〉

こつこつこつこつこつ積みあげてきた理想の王国が、最高のクライマックスを迎えているようでもある。

〈やっぱ後継者は血がつながってた方がいいよな〉

王国に居住する一国民でもいいと考えることが多くなっていたものの、確固とした国王の自覚がもどりつつある。

「助産院のほうは先輩の紹介もあって実は昨日見てきてね」

仮想世界に浸っている猫木の横で、現実世界の外堀をうめておこうとしているようである。

「雰囲気がすっごく良かったの。ここから遠くもなくて」

猫木はその助産院の最寄駅を具体的に問うた。

「……六駅もあんじゃん」

通常は原則妊婦のみだが、一月半に一回、夫同伴でおこなう〝カップルクラス〟という回があるのだと言う。

「……だから、ユータも一回来てくれない？」

猫木は〝カップルクラス〟という名を耳にした時点で後続の説明をきく気が失せ、ふたたび仮想世界に戻っていた。

「……ねぇユータ、きいてる？」

サスペンダーフロムヒダマウンテンズのラストシングルは曲そのものも良いのかもと思い直しはじめていた。

「……あぁ、きく」

外食をすませたあとあらためてきいてみようと思い、猫木は両膝をたたいて立ちあがる。

「来てね、とりあえず一回」

臨月を迎えた時のことをすでに想定しているかのような大きな弧を描く動作で、宝田もゆっくりと立ちあがる。

「……パークが食べたい」

それでも猫木は頭の鈍痛をふたたび理由にして、初回の〝カップルクラス〟には参加しなかった。

王様　　王様　　王様　　王様　　王様　　王様
ぼくも　あなたも　わたしも　きみも　みーんな王様
それぞれの国　それぞれの王　それぞれのライフスツァウィル
王様　王様を下りるとき　自分の任務全うしたとき
後任が見つかったとき　国民にお別れ言うとき
さようなら　国民のみなさん　どうもありがとう
ぼくも　あなたも　わたしも　きみも……

現在猫木と宝田が住む家賃七万円台の築四十三年の借家がある一帯は、もともとは北と南にある商業都市のあいだの景勝部門をになっていた田園地帯であり、新興住宅街となった現在でも、築年数の古い民家、農具を置く小屋、自動車には手狭な農機を置くスペース等が、高級住宅の合間に散在している。それでもスタンプラリーを催して連帯するような商店街などはもともとなかったため、チェーン店がしがらみなく駅前に進出し、駅そのものも一昨年巨大なビルと化した。

〈あーだるだる〉

三年前より私鉄の快速電車も停まるようになった。

〈腹痛《はらいた》訴えて今から帰ろっかな〉

電車もひさしぶりに乗ると、たとえ席につくことができたところで、一つの労働のように思われてくる。

〈あー、六駅ってやっぱ遠いわ〉

宝田のほうは小説を何篇も収録した小説のマニュアル本を読み、猫木のほうはＭＤウォークマンで音楽をきいている。

〈でももうあと一駅か〉

目をしばたたきながら、自分の襟足のカーブをなでる。

〈……そういや、駅から徒歩何分かきいてねえ〉

すこし大きくなってきた腹をサイドテーブルのように見立てて本をおき読書している宝田

に、この場で問いただそうとしたが、曲がサビにさしかかっていたので降車後にした。

「おまえ、この駅から徒歩何分つってたっけ?」

籍を入れたあとも、猫木は宝田のことを〝おまえ〟か〝宝田〟、ときどき〝文学少女〟と呼びつづけていた。

「バスだよ」

二一〇円の切符を御守り然と握りしめている猫木にたいして、宝田はＳｕｉｃａを颯爽とだしてあっさりとこたえた。

「バス?」

「うん、あたし言ったよ、バスって」

恐れていたたたりにあったかのように黙りこんだ猫木を見て、お金はあたしが払うからと宝田は声をかけた。

「……カネの問題じゃない」

たしかに一番大きな問題は〝カネ〟にあったものの、うまくうなずけなかったのである。

〈ッたく〉

〝ひとの心をカネで買う〟というフレーズを忌み嫌う教育をすりこまれているのである。

「……で、バスって何分?」

「……二十分くらい」

自分の生年と同じ製造年だった十円玉を名残惜しげに運賃箱に落とし、バス車内にはため息をつきながらすすんだ。

「……停留所からはすぐだよな？」

「徒歩十分ぐらいか……もうちょっと」

禁断症状のように襟足のカーブをふたたびしきりになでながら、左目だけしばたたく。

「時間の話は、ちゃんとオレにした？」

〝発車します〟という瞬発力のない声のアナウンスのあと、周囲の視線を気にしながら猫木は極力間接的に言った。

「〝道徳〟って科目、おまえらの学年にもあったよな？」

2

アップダウンのはげしいバス一台がなんとか通ることのできる細い道を走行して、停留所の名前をもつ掘っ立て小屋に着いたときにはすでに二十分以上経過しており、蟬の鳴き声がはやくもきこえはじめている雑木林がある道中をすすんで助産院に着いたところで、蒲団を干している二階部分が見えるほか、建物の前とうしろすら猫木には見当がついていなかった。

「入口はそっちじゃないよ」

「……知ってますけど」

猫木と宝田が住んでいる新興住宅街のような開発は、まだここではおこなわれていないようである。

「こっちから入るんだよ」

「……ちょっとほかの角度で見てみたかっただけ」

〝WELCOME〟という札が吊ってある木柵があるのみで、インターホンはおろか錠もない。志ある者ならお入り下さい。物質的というより心理的な扉を忍び足でぬける。

「あぁ、なんかまた頭痛くなってきたかも」

宝田の方はこれといった弱音は吐かず、ときおりスイカ泥棒のように腹をかかえながら、停留所からここまで先頭をきって九分四十一秒で歩いてきていた。

〈……早く帰りてぇ〉

助産院は扉のみならず戸という戸はすべてあいており、二歳から五歳くらいのこどもたちが奇怪な声をはっしながら内と外をいったりきたりしてあそんでいる。

「んま、んま、んま、よーじ、はし、よーじ」

〝WELCOME〟の札は社交辞令ではないようだった。

「ようこそ、ようこそ」

こどもたちに股ぐらをぐぐられているなどしていた女性が、二人の存在に気づいて歩みよってくる。

「ようこそ、ダンナさんですね」

ようこその〝う〟をだらしなくせず一番強く発音する。

「……ええ、まぁ」

白髪が七割がたの頭髪を藁のようなゴムで一つにくくった線のほそい女性。年齢は六十歳前後。猫木は心の中で〝仙人の女版〟というニックネームをすでにつけていた。

「やっと来てくれたわね」

早くも敬語でなくなっていることに猫木はひっかかる。

「はい？」

「やっと来てくれたわねって！」

忙しかったのだと退屈げにこたえた。

「お仕事？」

ときどきモデルルームの看板持ちや交通量調査の日銭は稼いでいたが、そろそろ常勤の仕事をする必要を感じている。

「……まぁ、んなとこです」

「自己紹介はあとでみんなの前でしてもらうから、よろしく」女性は頭は猫木にむけたまま眼球だけ器用に目尻にうつした。「サキヨン、おはよう、ベビーはいい感じ？」

下の名前・早紀からとった宝田のあだ名より、いい感じという今様のアクセントの方が、猫木には奇妙にきこえた。

「いい感じです」

「でも安定期に入ったからって油断はしないように」

「はい、先生」

「なんでも言いなさい」

「先生」

カップルクラスが終わったあとに相談があることを告げると、助産院の院長と思われるこの女性は、あぁおとといの電話のことね、とだけ返して二階に上がることをうながした。

「みんなもう来てるから」

宝田の方のみ「はい」と快活に返事をする。

建物の内部は、家具をふくめて、建具とおなじ材質で統一してあった。オシャレまで昇華しない程度の統一感であり、たんに無駄を徹底的に削いでいった結果のようにも見える。

「やっぱへんよね、サキヨンて」

宝田の三歩うしろを古き日本の慣習よろしく歩く猫木のしぐさから、一つのメッセージをうけとったようである。

「べつに」

「先生って呼ぶのもへんよね」

たしかに宝田が自分の知らぬ間に自分の知らぬ誰かと徒弟制度のような関係をむすんでいたことには、少々の驚きはあったものの、猫木にとってそう大きな問題ではなかった。

「べつに」

宝田は階段の踊り場でいったん立ちどまった。

「それよか、いい感じって、あれ、やめてくんない？」

おまえとあの仙人の女版がいい感じって言うの、さむいからと語をつぎながら先に二階に上がる。

「もうすこし日本語って選んでつかった方がいいと思うよ」

わび・さび・きびのある言語だからと猫木の方はなおもつぶやきつづけつつ、さきほどあおぎ見た蒲団を干している物干し台の部屋にそのまま二人は入った。

「こんにちはー」

「……こんちゃ」

ワニス等の塗料をもちいていないのか、靴下をはいていても滑りの悪い部屋である。

二組のカップルと七個のバランスボールがある。

「こんにちはー」

二組の女性とも腹部の膨らみ具合が宝田と似ており、おそらく同じ月数の妊婦で集められているようすだった。

「こんにちは、おひさしぶりです」

前方にカップルを組んでいない年配の女性がいる。

「サキヨン、こんにちはー」

年配ではあるものの、さきほどの院長よりはいくぶん若やいで見えるのは、服装のせいかもしれない。

「あ、そっち、サキヨンのダディーね？」

その女性は胸もとの大きくあいた伸縮性の高そうな白のワンピースを着て、下には黒いレギンスをはいていた。

「……はい」

猫木は小さく返事をした。

「あとで自己紹介してもらうから、ささ、二人も入って一緒にベビベビ体操しましょう」

二人が加わったあとで全体は輪になった。

ベビ　ベビ　ベビ　ベビ　ベビ

おなかのキミ　元気かな？　元気だろうな　元気にきまってる
ベビ　ベビ　ベビ　ベビ　ベビ
ヘビじゃないよ　人間だよ　ママも人間　パパはどうかな
ベビ　ベビ　ベビ　ベビ　ベビ

一人一個ずつバランスボールに尻を落とし、その講師の女性の声にあわせて、動作をするのである。

「パパはどうかな」

〝ベビベビ〟の部分で手を上にあげて星のように動かす。

「いいわねー、みんな、上手上手」

右の動作をするときに左。左の動作をするときに右。動作の遅れをごまかすためにわざと一回遅らせることもある。

「はい、1セット終わり。疲れた？」

あきらかに猫木一人だけついていけていなかったが、講師の女性は個別に指摘するようなことはせず、猫木一人のためにゆっくりと動作をするなどの対応をしていた。

「はいッ」

各カップルの女性の負担を肩代わりする意図なのか、男性のほうがはきはきこたえる。

「サキヨンのダディーも疲れた？」

口パクがばれた猫木には個別に声がかかった。

「……ええまぁ」

そして全員にバランスボールから下りるよう命じる。

「もう1セットはあとでね」

ボールを後方におき、転がらないように座布団で囲う。

「今日はじめてのサキヨンのダディーもいることだし」

猫木一人の顔を見つめて、カンタンな自己紹介をしましょうと声を上げた。

「名前と年齢と」一般的な自己紹介のようだが、猫木について知りたい個人情報のようでもある。「あと、普段のお仕事」

左手をもちあげて半円をえがいた。

「各カップルのダディーからね」

時計回りで猫木は三番目になる。

猫木以外の二人の男性はすでに打ちとけているようで、たがいの自己紹介に茶々を入れ合っていたが、猫木の時は喪に服したように無言だった。

「まぁ仕事って何なんすかね、ええ、最近いろいろ考えるんすけど、まぁどうなんすかね、ええ……」

「ごめんね、サキヨンのダディー」

シナモンに似たかおりのお香をたきながら自己紹介をきいている講師の目を、猫木は見つめかえした。

「……はい？」

「名前って言ってくれたかしら？」

猫木と名乗り、年齢は三十一とつづけた。

「……んーと、下の名前は？」

「豊です」

ニックネームの有無を問われ、宝田がよぶ〝ユータ〟が浮かんだが言わないことにした。

「じゃあとりあえず〝ユタカ〟ね」

その講師の女性の方も深く関わらない方がいいと思ったのかもしれない、猫木には無難なニックネームをつけた。

「サキヨンのことよろしくね」

講師がさしのべた手を握りかえすと、末端まで血のめぐった温かい手だった。

「……はい」

全員の自己紹介が終わり、〝カップルクラス〟はそのあと数分間の瞑想をはさんで、講師の講釈に入った。

「ベビーもハッピー、ママもパパもハッピーになろうよね」

猫木の耳には何かの宗教の勧誘のようにきこえる。

「ハッピーが一番。ハッピーがなければ意味ないんだから」

わずか三十秒の時間に〝ハッピー〟を七回もつかう。

「ハッピーハッピーでいこうね、みんな」

二組の夫のほうは妻のおなかに手をそっとあてている。

「じゃあもう1セットやって今日は終わりにしようね」

1セットと言いつつ、2セットした上に、逆子の防止にもなるという座禅とヨガもし、時刻は午後五時をまわった。

〈腹へっちった〉

猫木は心の中でつぶやき、宝田の耳もとでも実際に同じ言葉をつぶやいた。

「腹へっちった」

宝田はこの助産院で生まれたばかりのOGのこどもを見ている。

「ねえ」

二日前に生まれたようで、三八〇〇グラムもあるという。

〈プレッシャーかけてきそうなヤツだな〉

顔はパテのようにふくらんでおり、肉汁のようなよだれを口からたらしている。

「駅前にロッテリアあったよね？」

猫木はそのこどもからハンバーガーを連想していた。

「いいよ、先に帰ってて」

宝田がすこし苛立っているのがわかったので、もうちょっとだけ待つと言った。

「でもあたし、これから先生に相談したいことがあるから」

猫木には〝食事のこと〟としか言わない。

「……でもドロンしづれえな」

結局、宝田が主人仕事ができて先に帰るみたいでと話をとおして、船旅然とした壮行で全員に送りだされたのである。

「おまえの分も買っといてやっから」

公共交通機関を利用して帰宅する猫木が気まずくならぬよう、車は修理にだしていてとまで嘘をついた。

〈そうだ……アイツ、ポテチも買わなくなってたんだ〉

脂っこいのはいいとこたえた宝田が〝つわり〟という状況にあることを思い出したのは、購入したあとのことだった。

〈二千円きっちったな……〉

これまで自宅のトイレを数回占領されたことがあり、中で首でも吊っているのではと思いを巡らしたこともあった。

〈まぁいいっか、オレが二つ食うか〉

以前は宝田から月二万円のこづかいの給付をうけていたものの、妊娠判明後は給付されていない。

〈何が〝はいッ〟だよ、バカだったなアイツら〉

〝カップルクラス〟の夫たちの献身的な姿が電車乗車後もしばらく脳裏にやきついていた。

〈……そろそろバイトでもすっか〉

車窓のむこうでは、日没が階調をつくっており、その階調を統一する月の登場をあたりは待ち望んでいるようだった。

3

「何度も同じ言葉を言うとその言葉の有難味がなくなるので、〝ありがとう〟はこの一回で最後にします」

五五㎖のオレンジジュースをのんでも、喉の渇きはとれず、もう一〇㎖だけのむと、喉の渇きはあっさりと消えた。

「ありがとう」

五六〜六五㎖の間でとれる喉の渇きだったのだ。

「そしてわたくしは本日王位を退く」

王様が今日はじめて王位を退くことに言いおよぶと、一階席、二階席、三階席、そして開会当初よりいっそう暗くなっている国民公園に三十秒間ほどの沈黙があった。

「この集会をもって退位します」

そしてその沈黙のあとにとった観客たちの挙動は今日はじめて不揃いだった。

「突然の発表となり申し訳ありません」

拍手をする者、むせび泣く者、喘息の発作がはじまる者、黙りつづけている者。

「国民のみなさんには書面や何かを介して伝えるのではなく、自分の口をもって退位をお伝えしたかったのです」

ここまでの話の中で〝本日が最後〟という文言は数回でていたものの、具体的な〝退位〟の二文字がでたのはここがはじめてだった。

「突然ではありましたが、国民のみなさんの方も薄々勘づいていたのではないでしょうか」

王様の話が次の段にすすむと、すんなりと拍手やむせび泣く音、咳きこむ音まで止まり、静寂がもどった。

ている。

「本日かったるい中お集まりの人数」

王様の声音は一切変わっておらず、オレンジジュースを口にはこぶ間隔も一定でありつづけている。

「そしておひとりおひとりのご様子も」

王様にとってもこれらの国民の反応は想定していた範囲内のものだった。

「中には赤いリボンを胸元につけているひともいますね」

オーロラビジョンにうつる国民の姿もホール内と大差なかった。

「ええそうです」

明度を調節せずともホール内の照明と釣り合いはじめている。

「本日はわたくしの退位式だけではありません」

時刻は午後三時半を回っていた。

「それはみなさんもおわかりでしょう」

まだ日が暮れる時刻ではないものの晴天だったはずの空に薄暗い雲がいくつか現れたため、国民公園内の百合形の外灯が十数分前からともりはじめていた。

「そうです」

雲まで集まってきているようである。

「本日は退位式であると同時に」

国民ホールも国民公園も帰途につく者はまだ一人もいないようである。

「即位式も同時に行います」

この一瞬間だけふたたび静寂がやぶられた。

「本日はのちほど二代目国王にも登壇してもらう予定です」

王様の退位の挨拶より、新国王の即位を目当てに、今日この場に足をはこんだ国民が圧倒的に多いような反応だった。

4

助産院の〝カップルクラス〟は六月中旬の第二回以降も、カップル同士の交流と結束と共有を中心としたメニューで第三回、第四回と一月半おきに開催され、宝田のほうは第一回からたとえ一人であろうと一回も休まず参加し、一方の猫木のほうはカップルクラスのある時間帯を空けることのできない理由もできて第二回の一回のみの参加にとどまっていた。

「きいてないいんですけどッ！　きいてないいんですけどッ！」

猫木は目上の人間にたいしてはきちんと敬語をつかうように心がけている。

「きいてないんですけどッ！　きいてないんですけどッ！」

興奮しても敬語はくずさない。

「きいてないんですけどッ！　きいてないんですけどッ！」

〝ですけど〟を執拗に連発して声も甲高くなるあまり、すこし女性っぽい口調になることがある。

「時給九二〇円のはずですよね？　ですよね？　フロムエーにも載せてましたよね？　なのにどう計算しても、五〇〇円ちょっとへってんですけどッ！　きいてないんですけどッ！」

門山《かどやま》店長にむかって、なんどもなんども、自分の給与明細をゆびさしていた。

「おまえ、うるせえよ」

「それに、フロムエーには友だちたくさんできちゃうって書いてあったのに、全然できないんですけどッ！」

うるせえってと声を落として猫木の眼球を見すえた。

「契約違反なんですけどッ！」

「……おい、おまえ」

何かを炭火でていねいにあぶったような香ばしいにおいが数秒前から室内にただよいはじめていた。

「屁こいただろ？」

「……こいてないですけど」

おまえ絶対こいたろ、ふざけんじゃねえよ、とやや声を強めた店長以上に、こいてないですッ、話そらさないで下さいッ、と猫木は声をあらげた。

「……おまえ、何逆ギレしてんだよ」

「濡れ衣はよして下さい」

店長の部屋で屁こいてんじゃねえよとあきれながら門山店長は窓をあけて、猫木の明細を強引にとりあげた。

「あ、ドロボー」

これ雇用保険だろと言って猫木の反応をうかがい、バイトでも天引きされんだよと語をつぐ。

「ヨー保険？　なんすか、それ？」

「マジかよ」猫木は社会保険のないアルバイトばかりしてきたのである。「どうせ年金や健康保険も払ってねえんだろ？」

「健康保険て病院とかもってくと学割みたいに安くなるやつっすよね？　前はかあちゃんがよく送ってくれてました」

「おまえ、母親に払ってもらってたのかよ」

「ええ」親のスネを齧っていたことは事実でありながら、その事実を指摘されると嫌な気分におちいるのである。「でも仕送りとかはもらってなかったですよ。逆に僕からときどき米とか野菜とか送ってました」などと嘘をつく。

「はいはい」

そんな保険とか要らないんで、猫木は蒸しかえして、僕のお金かえしてください、と仕方なく頭をあさく下げた。

「それ、国に言えよ」

「なんなんすかこの国」

門山店長はデスクトップのキーをたたきはじめた。

「明細うけとったなら、とっとと帰ってくれ」中断していた作業を再開したようである。「店長の部屋で屁こくし、ホモみてえなしゃべり方でからんでくるし、さんざんだ」

〈……さんざん?〉

〝研修中〟のプレートがついた割ぽう着をぬいで、大腿に鯉のアップリケがついた私服のジーンズをはき、足早に店外にでた。

〈あいつムカつく〉

〝はな天〟の駐車場をよこぎって、駅に小走りでむかった。

〈あいつのほうがさんざんだ〉

切符を購入して、ホームに下りると、売店の裏手まで列ができている。

〈なんだこれ〉

給与の件で店長ともめたために、いつもより四本おそい電車をまつことになった。

〈こんな大人にはなりたくない〉

ワイシャツ、スーツ姿の群衆を見つめてこのようにつぶやいたが、猫木はすでに三十一歳の大人になっていた。

〈ッたく〉

車内になんとかのりこむと、猫木は優先席前の吊革にまで島流しのような憂き目に遭った。

〈すんげー座りてえ〉

二駅目で目の前の席の老婦が下車する。

優先席だけど、座っちゃおうかなぁ、どうしよっかなぁ、怒られるかなぁ……そのような黙考をつづけているうちに、黒のモール付の丸帽をかぶった中年男性が腰をおろした。

〈こんなヤツのためにオレは席をあけたんじゃねえ〉

周囲の視線を遮断するように夕刊をひろげて、経済欄からスポーツ欄、競馬欄、風俗欄にうつる手の運びが匠である。

〈もういいかげんこの国をでてってやろう〉

猫木は下車後そのように結論づけ、帰宅後宝田にもこのように宣言した。

「とりあえず、この国をでてってやることにきめたんですけど」

語尾には門山店長との会話の名残があった。

「……うん」

宝田は通販サイトで購入した肘掛付の野趣にとんだ椅子に腰かけながら、台所で何かを煮こんでいた。

「一緒にでねえ?」

二人が交際をはじめてからこの八年間で日本を脱出する話は幾度となくでているものの、脱出した先の計画は〝ほかの国に住む〟しかなく、具体的に練りこまれていないままである。

「あたしはいいや」

話の腰とチョコレートを一緒のタイミングで折り、ステンレス製の行平鍋の中に入れた。

〈ノリ悪《わる》〉

隠し味にビターチョコレートをもちいるのは、宝田が大学生の頃につとめていた百貨店内の洋食屋のレシピによる。

「もしかして今日カレー?」

今日どころかあさってまでもちそうなほどの量である。

「ウッシャッ!」腰元で右の拳を握った。「パーク? ツィキン? ベーフ?」

猫木はカレーが好物であり、夕飯のカレーを翌朝も食べられることを想像して、うまく寝つけなかったり、朝早く起きすぎてしまうくらいである。

「……ベーフ」

カレーのときだけ、ポーク・チキン・ビーフをそれぞれパーク・ツィキン・ベーフと彼なりのネイティブ発音で呼び、宝田にもそう呼ばせていた。

「ツィキンがよかったけど、ま、いっか」

猫木は平皿に飯をよそい、ついでに宝田の分もよそった。

「あたし、もうちょっと、少なめで」

宝田は猫木の平皿のほうにはカレーを盛り、自分の平皿にはおくらとおかかと納豆のあえものをのせた。

「そんなネコマンマじゃあ力でねえぜ」

宝田は妊娠から半年以上たってもつわりがおさまらず、日に日に〝和食〟に回帰していた。

「……わかってる」

二つで一個分の声量である。

「……わかってる」

普段は二階の自室で一人でテレビか音楽をききながら食事をとるのだが、今夜はそのまま一階の宝田の部屋に入った。

「あー、ムカつく」

例外もあるが、ほとんどの場合、宝田に愚痴をきいてもらいたいときである。

「何かいやなことあったの、ユータ？」

宝田のやさしい声音にこどものように従順に頷く猫木。

「……そうなの」

〝ムカつく〟内容そのものには、宝田のほうから突っこむことはなく、ルーを先にすすりすぎて白米が湾をつくる猫木の平皿の横に、大根の千切りと梅肉のサラダを黙って並べた。

「すっぱいのいらん」

そう言いながら、鼻をつまんで口の中にかっこむ。

「まぁまぁかも」

猫木のために梅肉にマヨネーズを多めにあえてある。

「あのさ」

猫木自身も宝田があえてくれたマヨネーズのおかげであまりすっぱくなかったと振り返ることができた。

「僕、やめよっかな」

猫木は唯一の友人に打ち明ける口調でこうきりだした。

「人生?」

きっかり二十秒の間があいた。

「バイト」

その三十秒ほどの二人の間隙を狙って、幅木の亀裂から外気の忍びこむ音がしていた。

「アルバイトで体が疲れちゃったの？」

このようなやりとりもこの八年間で幾度となくあった。

「腰や頭がまた痛くなってきちゃったの？」

二人は最初フリーターと学生という立場で出会った。

「腰これ以上悪くしないでね」

英語のスピーチコンテストの出場者とホールの警備員という関係で二人は見知り、のちに宝田が学業のかたわら働く百貨店の警備を猫木がする形で声をかけ合うようになった。

「腰は立ってる方がラクだから大丈夫」

宝田が直前まで交際していた男性が家柄のいい人格者であったことの反動もあり、二人は交際をはじめ、猫木の方も自分の無産ぶりに拍車がかかったのである。

「寝てるときにまたあんなでっかいの来たら嫌だし」

それでも自分一人分の生活費くらい自分で捻出することはつねに考えていた。

「立ってた方がラク」

今年の春先の地震の際も、そのことを考えながらテレビを見て仰臥していたのである。

「じゃあアルバイトでお客さんを怒らせちゃったの？」

もともと悪い腰椎がいっそう悪化したと自分では思っている。

「ううん、そんなことしないよ、僕」

まだ天ぷら本体ではなく、新香や吸い物の盛りつけ、食器洗いしかやらせてもらっていないことを得々と語る。

「国のヨー保険とかってへんな保険に勝手に入れられて」

大半は食器洗いである。

「給料まきあげられた」

天井に張りつめてある無垢板の木目を見つめながら、宝田は深刻に考えている様子である。

「……ヨー保険」

その天井と鴨居の間の透かし彫の入った欄間にも、幅木ほど程度のひどくない亀裂がある。

「ヨー、ヨー……あぁ、雇用保険のことね」

〈アイツわざと〝コ〟をぬいて発音しやがったな〉

「失業したとき手当がでるのよ」

だったら、ほんとやめよっかな、失業して手当もらえればそれでいいし、という言下、

「でも、一年以上働いてるのが条件だけど」

〝一年〟というひびきが、猫木の耳には〝永久〟と伝わる。

〈ヨー保険といい、オレ、耳まで歪んできたのかも〉

とは思うものの、最近は腰の痛みをおぼえることはほとんどない。

〈あとはたのんだぞ〉

猫木は宝田の腹部を念じるように見つめている。

〈二代目〉

誤解が生まれぬよう、腹部の上と下の部位には一瞥もやらず、ただただ腹部のみを一心不乱に見つめる。

〈あとはたのんだ〉

たんに宝田が大きな深呼吸をしただけのことだったが、猫木の目には腹の中の生命が返事をしたようにうつった。

〈おまえのためにオレはしばらくガマンしてやっから〉

雇用保険について説明したことで、猫木の怒りはいったんおさまったと、宝田は考えたのかもしれない。

〈あとあとはオレにラクをさせてくれ〉

あるいは、猫木の視線が自分の腹部にあることも都合よくとらえたのかもしれない。

「ユータ」

猫木は宝田の腹部を見つめたまま顎でこたえた。

「あたしのほうも実は悩んでいることあんだけど」

宝田が今まで自分に悩みをうちあけた記憶がなかった。

「体重ふえないの」

猫木はその状況のどこに悩みと呼ぶべきものがあるのかすこし考えた。

「いいじゃん」

「あたしなんだけど、あたしじゃなくて……」

「なぞなぞは今はいい」

「……あかちゃんの体重」

腹部の問題であることがわかり、猫木はかえってこのタイミングで宝田の顔に視線を戻した。

「病院にいって、診察うけたのね、今回は病院の方だから」

日本国内の法律上、助産院では風疹抗体検査などの血液検査ができないこともあり、助産院での出産を選択した妊婦も、八週に一回医療機関へ検診にいかなくてはならない。

「そしたら前回より、九〇グラムしかふえてなくて……」

現在は四週に一回の頻度で受診していた。

「減ってはいねえじゃん」

「でもこの時期、四週に四〇〇グラムくらいふえるみたい」

猫木は宝田の糸状の吐息を一個のボールのようにまとめて、いまのグラムは、と素朴な野球少年然とたずねた。

「……一〇二〇グラム」

「生まれるとき三〇〇〇ならいいんしょ？」

「まぁ三〇〇〇あったら安全とは言うけど」

「あとどれくらい？」

宝田はグラムのことだと理解する。

「三〇〇〇引く一〇二〇だから一九八〇かな」

引き算くらい習ってると猫木は宝田の目の中心に視線をすえた。

「時間のことだっつーの。ほら何週目とか言うじゃん」

潤んでいるわけではないものの、水分が偏在しているように見てとれる。

「あぁ。今三十週だから予定日まではのこり十週」

猫木は右手を食指から順に折っていった。

「……もう二ヵ月ちょいか」

ちょっとした凶兆のようにもきこえ、自分はなんのためにバイトまでしているのか、すべては二代目のためじゃないかと、就業動機まで一つの理由に集約させて、ネコマンマじゃだめだと宝田の了解をえずにカレーライスを盛り、自分の平皿にもルーだけ注ぎ足して台所から戻ってきた。

「で、原因は？」

「わかんない」

途切れるような声で、あかちゃんもちゃんと動いているみたいだけど、と語をついだ。

「一番の原因は食い物《もん》だな。とりあえず、ベーフ食え食え」

第二、第三の原因もつづけて考える。

〈やっぱあの宗教じゃねえか?〉

第二の原因として〝仙人の女版〟の顔がうかびあがり、最初からおとなしく病院を選べばいいものを、という思いをあらたにしたが、これまでにも数回本人に直接言ってきていることなので、今ここで駄目を押す必要もなかった。

〈ほかに何かあっかな……〉

やはり根本の原因は〝食〟にあると、一度ふりだしに戻して宝田におかわりを命じ、実際に腹をかかえて何とか立ちあがった姿を第三の原因とする。

「いい、オレがおかわりもってくる」

買い物等の〝労働〟も今後自分がやろうと猫木は考えた。

「ベーフ多めに入れといた」

そして平皿をもって部屋の敷居をふたたびまたぐ瞬間、猫木は第四の原因を見つけることとなる。

〈……風が入ってきてる〉

築四十三年の物件ではあるものの、この幅木の亀裂にかんしては今年の春先の三月にできたものだった。

「これからもっと寒くなっから、おまえ、二階いけよ」

オレはテレビとラジカセもって一階に下野すっからと、〝下野〟という語を誤用していたが、宝田に真意はきちんと伝わったようである。

「ありがとう。気持ちだけうけとっとく」

「はやく荷物まとめろ」

上はあったけえぞという体育会的な声を耳にしながら、宝田はあきらかに後悔していると見える。

「大丈夫、ほんとに」

第一あかちゃんはちゃんと動いてるし、心拍もいいし、季節のかわり目にたまにあることみたいだし、という楽観的な要素をならべたてても、時すでに遅かった。

「今日もう疲れてるなら、明日な」

これまでもこのような一過性の激情は三ヵ月に一回程度あったので、宝田もとりあえず礼だけもう一度のべた。

「おまえの体重はこれから毎日計るから」

現在の宝田本人の体重をベーフの連呼よりしつこくきくので、宝田は室内に二人しかいないのに小声で教える。

「五十三……他言はしない」

円卓の外周をなぞりながら宝田の腹部にすり寄る。

「まぁこどもだけとりだして計るわけにいかんからな」

そして腹の中のこどもにも体育会的な声を浴びせる。

「死ぬんじゃないぞ」

宝田がすこし笑ったことで、再度こどもが返事をしているように猫木の目にうつった。

「一九八〇」

宝田の計算式は忘れて自力でもう一度算出してみる。

「のこり一九八〇」

この数字を忘れてしまいそうなので、二階に戻ったら荷物を整理する前に、何かに書きとめておくことを思いついた。

5

第三十一週　十月　七日（金）　五三六〇〇グラム

6

第三十二週　十月　十三日（木）　五四〇〇〇グラム

7

第三十三週　十月　十九日（水）　五四三〇〇グラム

8

第三十四週　十月二十五日（火）　五四七〇〇グラム

9

第三十五週　十一月　二日（水）　五五一〇〇グラム

10

出産予定日までのこり五週間となった第三十五週の時点で、宝田本人の体重は毎日の入浴前時の計測開始以来二キロの増量という大台にのったものの、肝心のこどもの体重のほうは一六〇〇グラム台を推移していた。最寄の総合病院の産婦人科において、ソノゼリーという超音波伝導のための粘体を腹部に塗ってエコーにより計測する。体重のことは病院のほうから、通常よりやや下にふくらんでいる腹部の形状については助産院のほうから指摘されている。それでも数十グラム単位で着実に増えてきていることはたしかであり、宝田当人も自分の腹部を〝カエル〟と呼ぶ余裕を見せていた。猫木のほうもアルバイトに馴れてきたこともあり、二人の体重の増量に比例して自分の何かも着実に高まっていると感じていた。就業時間が増えたことで、給料も月ごとに増えてきている。腰椎四番の調子も依然良く、減っているのはかつて一日平均十一時間とっていた睡眠時間だけのように感じて、忙しさに追われることをすがしくも感じはじめていた。「階段の昇り降りがつらいの」と言う宝田の訴えも素直にきき入れて、部屋の交換も白紙にした。最寄のスーパーの階段をも警戒して、猫木がアルバイト帰りに買い物をすませてくることが多くなった。その最寄のスーパーは三階構造であり、一階は食品、二階は生活雑貨、三階は衣類を主に取り扱っている。

「今オレどこにいると思う？」

「……どこって」

最寄のスーパーであることは正解したものの、フロアまで電話口で問うた。

「ブー、三階です」

三階にはベビー服を取り扱うコーナーがあり、猫木がかねてより目をつけていた代物が小さなマネキンに着せてあったのである。

「このすんげー雨の中来てんだ」

背広とカッターシャツを模したフォーマルなデザインに蝶ネクタイは本物の子供服である。

「〝70〟でよかったよな？」

宝田が何のことかわかっていないようなので、後ろ襟のタグに記してあるサイズのことだと補足した。

「たぶんちょっち濡れて帰ると思うから、タオルよろぴく」

猫木の電話の目的は、この雨の中、今日えたばかりの給料を使って購入したことを早く誇りたかったのである。

「トイレットペーパーは重てえから今度でいい？　かわりにチャーハンの素買ってってていい？」

攻守交代とばかりに今度は宝田が猫木にたずねた。

「……あたし、今どこにいると思う」

宝田のほうには誇らしげなトーンはまったくない。

「……あたし、昼間電話したよね」

家だろと言った猫木にすぐには回答せず、日中に五回電話をかけたのに一度も出なかったことを確認した。

「……頭がだるいとかいう理由、もう使えないからね」

アルバイトの休憩中にかけ直すこともしなかった猫木をとがめた。

「……あたし今病院にいるんだよ」

頭の鈍痛をおぼえることもすくなくなった猫木と役割を交換して夫婦間のバランスをとるように、最近では宝田の方がよく苛立つ。

「こんな時間にまだ病院?」

宝田が入院したことを知り、猫木はスーパーからそのまま駅の西口の改札口に戻り快速電車に乗った。

「あかちゃんが息苦しそうなんだって……予定より早く分娩に入るかも」

携帯電話の時点では具体的な理由は話さず、猫木が病院に着いてから、担当の産婦人科医に言われた詳細をつたえた。

11

それでも猫木の耳にはすこし先の話のようにきこえたが、宝田の話になお耳を傾けると、今後三時間おきに測るこどもの心音によっては、二、三日中に分娩に入るとのことである。

「二、三日？」

その場合、病院で帝王切開となるのだと宝田はリクライニングベッドに全身の体重を埋めながら言った。

「自然分娩なんかできなかったじゃん」

全身の体重が流れでたあとの殻のようでもある。

「助産院で産むなんてムリじゃん」

どちらかと言うと、帝王切開という手段より、病院という場所で産むことを悔いている口ぶりである。

「ユータの言うとおり、おとなしく最初から病院だけにしとけばよかったじゃん」

猫木のお株をうばう、ふて腐れたような声を連発する。

「……まぁ、なんちゅうか、そうなったとしても……さぁ」

猫木は襟足のカーブを鉤形に曲げた小指でひっかけながら、どう言葉をかけようかと考えた。

「……まぁ、なんちゅうか」

言葉の要旨は早い時点できまっていたが、言い方をきめるのにすこし時間がかかった。

「二代目の顔を早く見れんならいいじゃん」

けっしてなぐさめではなく、正直な気持ちだった。

「これ良くね？」

マチ付きの赤い紙袋から〝４９８０〟の値札がついた子供服をとりだした。

「いいメーカーのやつみたいで、ちょっち高かったけど」

その交通事故防止の蛍光ステッカーばりに明るい赤色の蝶ネクタイをかるくつまみあげた。

「成人式までもてば、お買得だろ？」

宝田の顔に表情がもどったことを得意に感じ、ジョークをさらに畳みかけたものの、宝田の表情は再度殻となった。

「帝王切開って腹切るんしょ？　オレも盲腸で切ってるし」

定員四名の病室だが宝田しかおらず、沈黙が四倍重い。

「テレビカード買ってこようか？」

身体を微動だにしないまま、いい、と言う。

「旅館みたいにエッチなの流れるかもよ」

痙攣じみた笑い声を一人ではっする猫木のほうが、白木綿の患者服を着る宝田以上にこの場所に似合っていた。

「……ここ旅館じゃなくて病院だから、いい」

〈からみづれえな、こいつ〉

じゃあオレ帰るわ、明日また来る、何かもってくる物は、と去り際にきいたが、入院がきまったあと、タクシーで必要な物は自宅からとってきてあると言う。

「……ありがと」

明日は午後三時から夜遅くまでアルバイトが入っているため、昼くらいに来るつもりだ、と猫木は言った。

「……わかった。もしユータに何かもってきてほしい物があったら」

夜の間中にメールするからと言われたと猫木は記憶しているが、翌日、午前十時前に〝洗顔フォーム・タオル二枚〟というメールが宝田から送られてきた。

「夜中って言わなかった?」

猫木は午前十時すぎには病院に来ていた。

「言ってないよ、朝までにメールするからって言ったよ」

その宝田の反発の言葉には、昨日にはない力がこもっていた。

「まぁどっちでもいいや。洗顔とタオルくらい売店で」

一晩あけて整理がついたのか、話の内容が悲観的な事態であってもきちんと語勢があった。

「さっき先生が来て、今日転院するみたい」

朝のエコー検査の結果をうけて、やはりおなかのあかちゃんが苦しそうだから、死産になる前に出してあげた方がいいと言われたのだそうだ。

「ここはＮＩＣＵがない病院だから」

「エヌアイシーユー？」

そのアルファベットの羅列から〝ＥＣＣ〟のような英会話スクールを想像し、いくら何でも英語教育は早すぎるだろうと考えている猫木を推して、宝田が比較的丁寧に説明した。

「ＮＩＣＵっていうのはね」

宝田も英語の正式名称は知らぬものの日本語では〝新生児特定集中治療室〟という名前であることを告げ、主に出生時の体重が二五〇〇グラム未満の低出生体重児や早産児を一定期間治療する役割の場所だと端的に説明した。

「……知ってますけど」

隣の市にあるというそのＮＩＣＵのある総合病院と今連絡をとっている段階にあり、受け入れ態勢が整ったところで転院するのだそうだ。

「へえ、つーことはタクシーか何かで移動すんの?」

「救急車みたい」

「キューキューシャッ!」

主人である猫木も同乗した方がいいとのことで、門山店長にはあとで急な腹痛を申し出ることにした。

「それで、今のうちにきめておきたいことがあるんだけど」

昨晩猫木が帰った後に一人でいろいろと考えを巡らせたかのような落ちついた口ぶりだった。

「あかちゃんの名前って、もう考えてくれてるわよね?」

性別は男であることがすでに半年ほど前にわかっている。

「……あぁ」

うどん職人がのし棒でそうするよう、目一杯〝あ〟をひきのばす。

「どういう名前?」

一分間以上そのまま無言がつづいたので、そうよね、そうかんたんにはね、と宝田が自分で自分の質問を回収した。

「あたし二、三個考えるだけしてみたんだけど」

猫木は顎をしゃくって、その二、三個を問うた。

「ケンヤか……」

「ヤンキーが子供につける名前じゃん」

即答した猫木に食い下がるよう、宝田はつづけて挙げた。

「じゃあホウキは？　ユータの〝豊〟に、あたしの〝紀〟」

「やだ、坊さんの跡継ぎみたい」

じゃあ何かほかにあるときく宝田の声を意図的に遠ざけて、その場で目をとじたりあけたり、首を二度三度回して自分で自分の身体をゆらし、猫木はトランス状態に入った。

「……としお」

目をとじたまま言葉をはっしたことに、宝田は反応した。

「ごめん、ユータもう一回言って」

そうきき返された猫木自身が一番驚きの表情をうかべて、リクライニングベッドに視線を落とした。

「え？　オレ何か今言ったのッ？　何言ったッ？　ねェ！」

その迫力におされて、宝田はしどろもどろに答えた。

「……たしか〝としお〟って」

猫木はその〝としお〟という音のかたちを舌の上で何度か舐めて転がし、最後はこう結論づけた。

「……降りてきたんだ」

「降りてきた？」

「啓示がオレの頭に降りてきたんだ」もはや運命には逆らえないといった恬淡とした調子で語った。「としおにきめよう」

宝田はどういう漢字をあてるのか猫木にたずねた。

「あくまでオレの直感だけど」と前置きする。「トシは俊敏とかの〝俊〟、オは〝男〟より夫の〝夫〟の方がいい気する」

俊夫。

「なんか古くない？」

「古いとか新しいとかの問題じゃないから」

人の名前というものは天からの授かりものであることを格言のように言いのこして、一階のロビーで門山店長に電話をかけて欠勤をつたえ、自動販売機でコーヒーを購入して病室にもどってくると、転院の支度がはじまっていた。

「むこうの準備ができたようなので、うつりましょう」

リクライニングを立たせてベッドからストレッチャーにうつされて運ばれる宝田のうしろで、猫木は荷物のドラムバッグを袈裟掛けにして、ボストンバッグは両手でもつ専属のマネージャーのようになった。

「救急車の中って意外と質素なんだな」

体感時間はずっと短く感じた二十分間の乗車をおえて着いた病院には、小さな沼が二つついた広大な公園が隣接しており、建物そのものもこれまでより五倍は大きい。

「国民公園みてえだ」

公園入口の案内図を目にした時点で、猫木には王国の国民公園の現物に思われ、空想の中に小さな沼を二つ加えた。

「国民公園？　国営？」

国民公園のほうが現物と合致したことで、猫木の目には、病院本棟に隣接するドーム型の建物のほうもそのようにうつりはじめていた。

「……国民ホール」

見方によっては巨大な食堂のようでもあるその建物には、ステンドグラスがはってあるものの、猫木には詳しい中の状況が手にとるようにわかっていた。

「民営じゃないの？」

国民にむけた演説はすでに終盤をむかえている。

「……こっちの話」

救急車がサイレンを止めて停車したあとも、宝田のほうはしばらく横になったままである。

「着いたのね」

病院内に入ると、二人は本棟の同じ三階に上げられたものの、宝田は右手の病棟に、猫木は病棟と左手のＮＩＣＵの中間のエレベーターホールにそのまま待機させられた。

「すいません、ほかの手術があったものでこの時間となり」

実際のところそれほど待った印象は猫木にはなく、昨晩からの展開が若干速いくらいに思っていたが、その執刀を担当するという男性医師は最初商人のように何度も頭を下げた。

「帝王切開の手術のほうは、奥様の剃毛処理等の準備がすみ次第行ないますので、旦那様はこちらの手術の同意に関する書類にご署名をお願いします」

猫木は執刀医の話のはじめにあった母子ともに大丈夫だろうという今後の見通しをきいただけで満足し、あとの話と書類の内容はきき流し読み流し、相槌と一緒にサインをしていた。

「失礼ですが、お二方ともご両親はお見えには？」

「あぁ……まぁ、たぶん来ないと思います」

執刀医はそれ以上突っこんだことはきかず、ふたたび頭を下げながら署名の礼だけのべた。

「時間につきましては、実際の状態を見てみなければわかりませんが」

それでも、三、四時間という具体的な数字をだした。

「万が一事態が急変したときのために、お疲れでしょうが、このままこの〝待合ロビー〟でお待ち下さい」

宝田のベッドがエレベーターに乗って二階の手術室に下りるのを見送ってからすでに三時間半が経過しており、〝三、四時間〟という数字は自分の空耳だった気がしてきている。

〈テレビつけよっかな〉

猫木はこのエレベーターの前の〝待合ロビー〟でソファーに座り待っているが、途中経過等の報告は一切ない。

〈つくのかな?〉

三セットあるソファーの前方には、何かの御利益がある置き物のように小ぶりなテレビがしつらえてある。

〈もうすぐL4やるな〉

沈痛そうな面持ちをうかべていることでよりいっそう全員顔がよく似て見える家族がとなりに座っていたので、黙考の挙げ句、その電源のボタンを圧すことはしないことにした。

〈大島だと、空気読めないこと言いそうだし〉

番組の視聴を断念したことで、張りつめていた何かが猫木の中で途切れて目をとじ、そのまま仮眠についた。

「猫木《ねこき》さま」

猫木を起こしたのは執刀の男性医師ではなく、女性看護師だった。

「猫木《ねこぎ》です」

母子ともに健康であることを、案外淡々と告げる。

「もうまもなくこちらの右のエレベーターから上がってくるとの連絡が内線で入りました」

計三基の内の右のエレベーターは手術専用のものだった。

「このままあかちゃんのほうはＮＩＣＵに入るので、その途中で見て頂くことになります」

猫木はこどもを待ち構える自分の体勢について考えて居ずまいを正し、一度立ちあがり、ふたたび腰を下ろし、居ずまいを正しきれていないところで、再度立ちあがった。

「おめでとうございます」

マスクを顎にさげた執刀医と助手の二人がベッドを囲んでエレベーターのドアから現れた。

「おめでとうございます」

宝田のほうはベッドの中で眠りこけており、こどものほうは隣の水槽のような透明ケースの中にいた。

〈思ってたより全然小さいんですけど〉

執刀医は祝福の言葉を一言のべたあと、一七九五グラムの男の子であることを告げた。

〈全然ムチムチしてない〉

出生時刻は午後四時十七分ということだった。

〈オギャーオギャーじゃなくて〉

それ以外の情報についてはここではふれなかった。

〈ミャーミャーだ〉

猫木がテレビドラマ等を通じて知っている〃あかちゃん〃とはややことなっている。

〈猫みたいな泣き声〉

それでもその今にも途切れそうなか細いこどもの泣き声を、猫木は肯定的にとらえていた。

〈〝猫木〟の血が流れてんだな〉

自分にしかわからない程度にこまかくうなずく。

〈やっぱオレの息子だ〉

実際の声になりそうなのをこらえる。

〈フツーのやつとはやっぱちがうんだ〉

思わず笑い声がでそうになるのも何とかこらえる。

〈……つつ〉

看護師の事前の説明のとおり、透明ケースの保育器は数十秒立ち止まったのち、左手のNICUの扉のむこうにすみやかに運ばれ、宝田のベッドのほうは右手の病棟に運ばれた。

「準備が整い次第、今日はお父さまの方だけ、NICUにお入り頂くことができます」

一時間弱の時間をふたたびこの〝待合ロビー〟で待ったところで、看護師とはべつの花柄のパジャマのような服をまとった女性に呼ばれて、猫木はNICUの敷居をまたいだ。

「室内はあかちゃんがたくさんですので、荷物はこちらに」

蝶ネクタイのついた服の入ったリュックをシリンダー錠式のロッカーにあずけ、手洗いと消毒をすませてから、三〇平米ほどの部屋に入る。

「あかちゃんはあちらです」

生まれたばかりということの配置なのかもしれない。

「人工呼吸器がついているので、抱っこは今日のところはムリですが」

一定の間隔をあけて十五台ほどの保育器が並んでいるその中央に、さきほど数十秒間だけ見た自分のこどもがいた。

〈としお〉

さきほどきこえていた猫のような泣き声は、人工呼吸器の管とそれを固めるテープ状の物でふさがれている。

〈としお〉

昔テレビ番組で見たことのある、墜落したＵＦＯの中にいた瀕死状態の宇宙人の姿が一瞬猫木の脳裏によみがえった。

〈としお〉

自分のこどもであることの証明は、この黄色人種ということを差しひいても黄色い小さな体のほかにないものの、保育器に直接貼りつけてあるシールには、名前の部分だけ空いた〝猫木くん〟と〝１７９５〟、日付〝２０１１年11月９日〟が記してあった。

〈生きてるか〉

関節がめだつ身体ではげしい拍動をくりかえしており、直接の呼吸の音はきこえぬものの、人工呼吸器がかわりに毎秒小きざみなＰＰＰという音をはっしていた。
〈生きてるかとしお〉
猫木はその保育器の囲いの中に手をのばすこともせず、ただじっと見つめていた。
〈何？〉
すると、その身体の拍動が猫木の目には何かの信号のように徐々に見えてくる。
は・じ・め・ま・し・て
猫木はそのまま黙って信号を読みとりつづけた。
ぼ・く・は
何度も唾を呑みくだしながら読みとりつづける。
ね・こ・ぎ・と・し・お・で・す
面会時間の二十分間、猫木はずっと保育器の前で黙ったまま立ちつくしていた。

12

所定の二十分間の面会時間をおえたあと、猫木は小児科の担当医師の女性と副担当の朝鮮系の名字の男性に呼ばれ、ＮＩＣＵ内の窓のある手狭な部屋に通されたのち、こどもの心臓に約四ミリの穴があること、肺につながる動脈の弁に問題があること、軽度の多血症であること、黄疸があることを告げられた。猫木がうまくききとれなかった何かの検査も念のため行なうということだった。心臓の穴と動脈の弁は自然に治癒する可能性もあり経過を観察、多血症と黄疸の方も新生児に多く見られるもので良くなるだろうとのことだった。

13

「国民のみなさんにお集まりいただいた今回の集会」

王様は肩と胸をなでおろして、吸うときより吐くときに重きを置いた深呼吸をした。

「現国王のわたくしに与えられた時間は終わりが迫ってきました」

三秒吸って、二秒止めて、十秒かけてゆっくりゆっくりと息を吐く。

「国民のみなさんを目の前にして、わたくしが言いのこしておきたいこと」

卓上の口上書きをもちあげて右・中・左の三方向に掲げてみせた。

「本日はこのようなものを用意してきたのですが、ここに事前に記してきたことは、ここまでで言い切っております」

口上書きを下ろしてそのまま内ポケットにしまい入れた。

「すべて言い切っております」

卓上においてあったオレンジジュースはとっくに切れており、王様の喉はからからに渇いていた。

「ご清聴ありがとうございました」

王様は声帯にこびりついている粘体状のものを二度の空咳でとりさった。

「私語もしていただいて構わなかったのですが」

オレンジジュースをあらかじめ余分にもってきておくべきだったと王様はすこし後悔していた。

「ご清聴ありがとうございました」

ここまでのどが渇くとは思っていなかったのだ。

「国民と国はたがいに尊敬かつ信頼していれば、束縛などする必要がないのです」

しかし今日は照明役兼音響役の王妃のほか、裏方の人間は一人もいない。

「ですよね?」

老若一〇〇〇〇〇余の国民は一斉に首をたてにふった。

「みなさんのような方たちだからこそ、本日このような会を開いて、わたくしは直接お話ししようと思い立ったのです」

今日はじめての一斉行動である。

「みなさんには、最後にきちんとお話ししたかったのです」

首を下におろすより上げる時に力が入っているため、ホール内には下から上に吹くわずかな空気の動きができていた。

「ですので、ここでわたくしがお話しすることの一切は」

その空気の動きが、下から上に突きあげる革命の気運の比喩となりうることを自覚した国民から、順次首をたてにふるのをやめた。

「おひとりおひとりの胸の中にとどめておいて下さい」

王様は卓上においてある時計を一瞥した。

「よろしくおねがい致します」

午後四時にあと四十秒でなるところである。

「あともうすこしだけここからお話をして」

王様は視線をふたたびホール内の国民の方にむけた。

「予定していなかったお話をさせていただきまして」

一度舞台袖にもどり何か飲み物をもってくることにした。

「新国王にバトンをつなごうと思います」

国民のほうもこのあたりでちょっとした小休憩がほしいだろう。

「今すこしご清聴ください」

王様はかるく頭を下げて踵をかえした。

「どうぞよろしくお願いします」

キッチン内のスタッフ全員にかるく頭を下げて、タイムカードの右端に〝1600〟が打刻されたのを確認してから、猫木は更衣室で私服に着がえた。

14

「話っちゅうか、質問っちゅうか、まぁ話があるんすけど」

「……なに」

本来ならそのまま退店するところ、今日は〝店長室〟に立ち寄った。

「いいすかね、店長?」

「なあなあ」

門山店長がいなかったので、店長のデスクトップのパソコンを勝手に起動してもどりを待っていたのである。

「はい？」

「はい？　じゃねえよ。その話の前に一言言っていい？」

猫木を射すくめてパソコンの無断使用をとがめた。

「おまえ、ほんといい加減にしろよ」

猫木はインターネットを自宅でつないでいないことを言い訳のようにつぶやきつつ、パソコンをシャットダウンした。

「急な欠勤最近多いし。腹痛多すぎねえか？」

「……店長もいい加減にして下さい」

「なにをだよ？」

最近自分の携帯電話に送られてくる出会い系サイト等の迷惑メールの量がふえていることを告げる。

「店長ぐらいしか思い当たる人がいないんすよ」

「俺なわけねえだろ」

「じゃあ誰です？」

僕のアドレスを売るのはやめて下さいと猫木はきっぱりと言った。

「僕ヤンチャなやつ友達にたくさんいますよ」

「……そのヤンチャなおまえの友達が犯人だよ」

猫木は返り討ちにあったかのように黙りこみ、門山店長のほうもこの話はもう終わりにしたいようだった。

「……で、何だ、話ってのは？　今の迷惑メールか？」

猫木は急に間合をとって、深呼吸を一回はさんだ。

「ここって、産休ってやつ、ありますか？」

門山店長は高速で二十回たてつづけに目をしばたたいた。

「悪い、ききとれなかった、もう一回言ってくれ」

「ありますか？」

「いや、その前の言葉」

「産休ってやつ」

あるわけねえだろ、と言って鼻で笑う。

「おまえ週三のバイトだし」

「……ないんすか」

頭をななめに落としてあからさまに落胆した様子を見せる猫木に、門山店長はすこし口調をやわらげた。

「おまえこどもできんの？」時系列を整理する。「っていうか、おまえ結婚してたの？」

「はい。こどもは先週生まれました」

「あぁ、だったら育休《いくきゅう》ってことね」

「あぁそれかもしれないっす」

「しっかし、おまえ、こどもいいんのかよ……」

そういうのちゃんと申告しろよなとたしなめたあと、こどもは元気かという言葉を何気なくつづけた。

「心臓に穴あるみたいすけど、大丈夫みたいです」

〝心室中隔欠損〟という左右の心室の隔壁の穴を塞ぐことは、現代医学ではそう難しいことではないという情報を、猫木はインターネットを通じてえていた。

「心臓に穴……マジか」

おまえも案外大変なんだなと声量を落とす。

「……まぁ事情はわかったけど、ここは育休ねえから」

「嫁とこどもがとてもがっかりすると思います」

亡くなっている自分の母親もだしたが、状況は変わらないようすだったので、店をあとにすることにした。

「ここのバイトじゃ大変だということはよくわかったから、辞めたい時はいつでも言ってくれ」

宝田とこどもが依然入院している病院の最寄駅までは、自宅の最寄駅からだと一度乗り換えが必要になるが、職場から二番目にちかい駅からだと一本で着くことができる。

「あぁ、猫木さんこんにちは」

その二番目にちかい駅までの一・五キロの道中には、最近よく立ち寄る漫画喫茶がある。

「……こんちゃ」

漫画ではなくインターネットを利用することが目的で、門山店長の業務用パソコンを無断利用したことと同様に、こどもの病気を調べることが中心となる。

「奥さんですよね？」

以前は横になっているだけで腰椎四番が痛くなっていたが、二、三時間同じ姿勢で座っていても気にはならない。

「……まぁ」

〝心室中核欠損〟と〝隔〟の字を間違えてもきちんと検索がかかり、その症状をおこしやすい子の特徴から、自分のこどもと関係ないような情報まで猫木は知る。

「奥さんは今NICUの方にいますよ」

猫木が調べ物とついでに夕食をすませて病院に着いたとき、病室のベッドの上には宝田の身体の鋳型しかなかった。

「……ですか」

鋳型は宝田の実寸より若干太いように見てとれ、体勢のブレを物語っていた。

「十分ほど前にいきました」

短髪の看護師のその言葉をたよりに、猫木もＮＩＣＵに向かうことにした。

「……あんがとござます」

帝王切開をした宝田もこどもも経過は良好であり、宝田の方は明日退院、こどもの方もあと二、三週間ほどで退院の許可がでる予定である。

「やぁ」

「あぁ」

宝田の退院後も当面は自宅で母乳をしぼって冷凍しクーラーボックスに入れて、ＮＩＣＵに届けることになっている。

「あぁ」

「やぁ」

人工呼吸器は生後五日ではずされたものの、吸乳する力が弱いので、こどもの右の鼻の穴には母乳を胃まで届ける細い管がさしこんであった。

「何やってんの、おまえ？」

しかし宝田はそういった母乳にまつわる作業に現在かかわっているわけではないようだった。

「……たしかめていただけ」

こどものことを見つめながら、こきざみに角度をかえて、全体より部分を注視して何かメモをとっているようである。

「たしかめていた？」

右手にもつそのＡ６判のメモ帳には表がつくってあり、○と△がそれぞれ書きこんである。

「……そう」

×の印は見当たらない表だった。

「そうって？」

左手にはおそらくこの病院の売店で購入したと思われる一五センチの半透明のものさしをもっており、こどもの目の横から耳にかけてあてているところだった。

「……たしかめていただけ」

ものさしと宝田の顔を交互に見やり、最後はものさしの方だけ見つめる。

「何を」

猫木なりにその意図をさとり、語尾はあげず会話の建前上ききかえした。

「……べつに」

宝田のそっけない返答に、いつものようにたて突くことはない。

「あっそ」

視線をこども本体にもどす。

「……うん」

一縷の眼光があり薄目のようでもあるが、寝息の律動に合わせて体表におだやかな波がうたれていた。

「しっかし、としお、今日も元気そうだな」

日中は目をあけていることも多いが、午後五時をすぎるとだいたい目を閉じている。

「としおクン、今日は四〇のんだよ」

哺乳用の管のみならず、右の足首にもマジックテープで固めてあるコードがあり、この脈状の細線の中央にこどもの命運が存在しているようにも見える。

「すげえじゃん」

光線療法をほどこしたことにより、黄疸もひとまずおさまったことは、医師の説明をうけずとも顔色でわかる。

「おまえの登場を今か今かとみんな待ってんだぞ」

体重のほうは一度一七〇〇台まで下がってから上がり、今は二〇〇〇台の一歩手前までふえてきている。

「登場を待ってる？　何の話？」

心臓の穴と肺につながる動脈の弁については、体重が四〇〇〇グラムを超えたあたりで手術して治すという説明を担当の女性医師からすでにうけている。

「おまえはいいんだよ」

乳児の心臓の手術はこの病院ではおこなっておらず、ほかの病院で受けることになるのだそうである。

「あたしはいい？」

乳児の心臓の手術をおこなっている病院は非常にすくないそうである。

「裏で照明とかいじってれば」

施術する外科医の数より、こどもにきちんと麻酔をかけることのできる麻酔科医の数のほうがすくないようで、順番待ちになるかもしれないことを早くも示唆されている。

「照明って、あたしそんな技術ないよ」

そのようにとぼけつつ、宝田のほうも猫木が空想していることはあらかたわかっていると見える。

「いっぱい人来るといいね」

宝田にそれとなく言われると自分の空想が滑稽なもののように思われてくるので、軽い相槌だけうち、猫木は保育器の中に手をのばした。

「うん、一九九八」

心拍数等を毎秒計測している機械とつないである足首のマジックテープを職員の承諾をえて一旦はずし、両手で釣果の魚のように抱きあげて、体感でこどもの体重を計測した。

「二〇〇〇までもう一歩だな」

いや、まてよ、二〇〇〇ジャストいってるかもとつぶやきつつ、こどもを体の右側から保育器の綿布の上にもどした。

「そういえば、さっき淺井先生が来て」

〝淺井先生〟とは小児科で担当の女性医師である。

「ヤツらがどうしたの、ヤツらが？」

猫木は副担当の男性医師も含めてそう呼んでいた。

「来週末に夫婦そろって来てだって」

視線はこどもに向けながら宝田は言った。

「来週末？」

土曜と日曜は連続でアルバイトがあることを告げる。

「大丈夫。時間は合わせてくれるみたい」

場所はあのエレベーターの前のスペースと宝田は言った。

「待合ロビーな」

猫木は両目の彫りを深めた衒学的な表情で正式名称を言い足した。

「……うん」

その衒学的な表情のまま中空を見つめる。

「何の話？」

「きっとしおクンの退院後の諸注意の話じゃない?」

明日退院する宝田とは対照的に、こどもに関してはまだ具体的な話はでていなかった。

「いちいち二人で?」

「うん」

「まぁそれ以外に考えられないよな」

宝田は小さい声の、うん、をもう一つ重ねてメモ帳を入院着の前ポケットにしまい、手持ちぶさた然としてこどもの髪をなでている猫木と反対の側頭部に手をのばした。

「としおクン、ママ、ここにいるよ」

猫木の髪質と似て、襟足が耳朶の方角にカーブしている。

「としおクン、ママ、先に退院するからね」

こどもは依然目をつぶったまま、全身におだやかな丸みをおびた波をうっている。

「としおクン、ママと一緒に退院したかったね」

宝田は声がすこしだけふるえはじめていた。

「としおクン、ママ、毎日くるからね」

猫木の中では、宝田の感きわまる姿にややもっていかれていたものの、早くも自分のことを〝ママ〟と連呼する違和の方がかろうじてまさっていた。

「自分のこと、ママって、入りすぎじゃね、おまえ?」

宝田は目頭にあてる左手だけでなく、こどもの側頭部をなでる右手まで一度止めた。

「入りすぎ?」

「文学少女」

文学少女はここでは関係ないでしょという宝田のすばやい反論を適確と感じつつ、妊娠判明以来自分にたいして強気にでていることをあらためて認識する。

「来週末ヤツらと会うのは金曜がいいかな」

「……わかった、伝えとく」

そして二人はこどもの髪をなでたまま面会時間を終えたのである。

「やっぱ退院後の諸注意の話だろうな、絶対」

「だと思うよ」

現在面会時間は一回三十分間であり、午前と午後の一回ずつ、一日計二回が各家族に許可されている。

「むこうもこっちも」

「ん?」

午後の部は午後六時半で締められ、あとは養育のため消灯するとのことである。

「いちいち二人そろう必要もないのに」

「ねえ」

小児科の医師二人と会う当日は面会を午後五時にすませて、待合ロビーのソファーに座り、呼ばれるのを待っていた。

「あの二人の医者あんまり好きじゃないんだよね」

「ははは」

担当と副担当の医師の印象についてしゃべるなどして、ときどき笑い声もまじえながら二人は待っていた。

「なんか上からこっちを見下げてる感じがして」

「そこまでは思わないけど」

宝田のほうはすでに退院し、病室も引き払っている。

「こっちをバカにしてる感じがする」

「ははは」

自宅から二人ででて、いつものように猫木は音楽をききながら、宝田は手沢のついた本を読みながら、病院まで来た。

「まぁそれは前の医者も、ここの手術の医者も感じたけど」

「そう?」

宝田の出産時にはこの〝待合ロビー〟で、猫木は五時間近く待ったのである。

「つーか、なんで担当の医者が何人もいるわけ?」

「さぁ」

そのときの体験によりこの場所においては時間の縮尺がすこしくるっているのか、不思議とあまり時間を感じない。

「グルグル回されてる感じがするのが、一番ムカつく」

「まぁ」

すでに三十分ちかく待っているが、猫木のほうは四、五分程度にしか感じていなかった。

「今回って親玉はいったい誰なんだろう?」

「さぁ」

それでも喉の渇きはきちんと三十分間分かそれ以上のものをおぼえている。

「そういやとしおが生まれたばっかのとき、何かの検査やるとか言ってなかった?」

「あぁ、あたしは手術直後だったから、もっとあとできいたけど」

「ヨー保険みたいな変な単語だった」

「そうそう」

「たしかテンショータイとかって」

「あたしもそんな風にきこえた」

なんだろうなといったん声量を落とした猫木。

なんだろうねといったん声量を落とした宝田。

「やっぱ、退院後の諸注意の話だろうな」

「うん、そうだよ、きっと」

こどもの退院にさいしての具体的な話は、依然きかされていなかった。

「来週中に退院できるかな、としお？」

「まぁ遅くてもクリスマスには間に合うよね」

「つれて帰りたいね」

「このままつれて帰ろうか？」

結局ＮＩＣＵのほうの扉があいて二人の医師がでてきたのは、予定していた時間より三十三分後のことだった。

「大変お待たせしてしまいすいません」

「すいません」

ほかの家族との話が長引いたとの理由だったが、そのような可能性は事前に示唆されていたので、そのままＮＩＣＵ内部の窓のある小部屋に滞りなく入った。

「どうぞおかけになってください」

猫木がすでに一度だけ入ったことのある部屋だった。

「ええ」

猫木と宝田は二人の医師と長机をはさんで、順番に椅子に腰をおろした。

「ありがとうございます」

宝田のほうは切り開いた跡がまだ痛むようで、ゆっくりと着席し、〝ありがとう〟の声も一人だけ間合がずれていた。

「としお君の方も順調に体重がふえはじめて」

猫木の耳には時候の挨拶のようにもきこえる。

「多血症や黄疸のほうもひとまず落ちつき」

そのあたりの経過については、何度も耳にしていた。

「あとは心室の中隔欠損と肺動脈の弁の問題ですが」

午後四時台の情報番組をほうふつとするくらい、この話の切り口に猫木は陳腐さを感じた。

「現在のところ自然に快方にむかってはおりませんが」

活き活きとした印象はなく、口調そのものが陳腐である。

「体重が四〇〇〇をこえたあたりで」

あるいはあえてこのようにしているのかもしれない。

「手術をうければ治るものですので」

猫木は室内の嵌め殺しにしてある菱形の窓に視線をうつした。

「きちんと治しましょう」

冬でも枝葉を生いしげらす高木が等間隔で並んでいる。

「退院後のことにつきましては、また正確な日どりがきまったときにお話しします」

猫木が国民公園をダブらせていた巨大な公園である。

〈しっかし、ほんと、よく似てるな〉

取りしまるルールがないのか、釣りをしている人もちらほら見かける二つの沼の中間には、広大な芝生の一帯がある。

〈公園のほうは二万人くらいに修正しとくか〉

本格的なラグビーができそうなほど広大な芝生ではあるものの、一万人を収容するのがやっとだろう。

〈オーロラビジョンはあのあたりにおくか〉

オーロラビジョンの具体的なサイズやメーカーまで考えおよんだところで、猫木はふたたび視線を室内に戻した。

「以前申し上げました、としお君の検査結果が届きました」

〝検査結果〟という言葉に飛躍を感じ、視線のみならず頭と耳まで室内に戻されたのである。

「べつの機関に依頼するので、時間がかかるのです」

猫木にとっては必要のない情報が一つ介在した。

「染色体の検査はすべてそのようになっております」

それでも、今回は〝テンショータイ〟ではなく〝センショクタイ〟とはっきりききとることができたのである。

「そしてこれがとしお君の検査結果となります」

担当医師はA4サイズの封筒からB5サイズの書類をとりだし、数センチ前にすすめた。

「どうぞお手にとってご覧下さい」

その言葉をうけて宝田が手をのばし、猫木はその宝田の頭と肩の隙間からのぞき見た。

〈ケータイの電波みたいなのが、二つずつ並べてある〉

声の抑揚をおさえることもマニュアルのようである。

「すでにご存知かもしれませんが、ヒトというのは、細胞内に計四十六個の染色体をもった生物です」

父親と母親から一つずつ順にうけるため、全体では二十三対となると、副担当が説明を補足した。

「そのつくしのような物が染色体です」

猫木が〝ケータイの電波〟と形容した書類の白黒写真上の染色体を、担当医師は〝つくし〟と形容した。

「ただし、何らかの理由により、おとうさんとおかあさんの染色体が分離せず、異常のある子が現れます」

大半は流産してしまうのだと、副担当が再度合いの手を入れる。

「中にはそれに耐えて生まれてくる子もいます」

猫木と宝田は医師二人のほうではなく、ずっと書類上の白黒写真を見つめていた。

「そしてとしお君ですが……染色体の二十一番をご覧下さい」

二人の目はすでにその三列目の二十一番にすえてあった。

〈……バリ3になってる〉

猫木の目には依然携帯電話の電波のようにうつっていた。

「一目でおわかりかと思いますが、二十一番だけが三個になっております。だいたい八〇〇人に一人の割合です。二十一番トリソミーという呼び方をします」

担当の医師はすこしだけ間をとった。

「最初に研究発表をした医師の名前をとる呼び方もあります」

本当にすこしだけの間だった。

「そちらの呼び方のほうが一般的にはよく知られているかと思います」

わずか五秒にも満たない間だったが、猫木にはあの出産のときの五時間の待ち時間よりも長く長く感じられる。

「ダウン症候群という呼び方です」

菱形にぬきとられた公園の風景の中では、いくぶん窮屈そうに枝を差し交わしている高木の枝葉に、三、四羽の小鳥がいるのを見てとることができた。名前のしらないダークブラウンの腹をもつ小鳥である。助産院であそび回っていたこどもたちのようにも見える小鳥たちであり、腹部の色が視認できたとほぼ同時に、さえずりの音も猫木の聴覚をかすめる。高低がいまいち安定していない音だった。しかしこの分厚い嵌め殺しの窓を介して鳥のさえずりなどきこえるはずがなかった。

「としおクンはちがうと思うんですけど」

宝田のすすり泣く音だった。

「髪はこの人に似ているし」

ファー素材のポシェットの中から×のない○と△のメモ書きをとりだしている。

「目のかたちはすこし吊ってるけどあたしにそっくりだし」

ダウン症候群の特徴的な外見とくらべて言った。

「手の小指もちゃんと第二関節まであるし、耳はすこし下にあっても、舌は大きめでも……」

徐々に言葉が途切れはじめる。

「……手は握る力あるし、掌にますかけ線ないし、吸乳の力はこれからだし、大きくなるし……」

宝田の言葉が完全につまったところで、外見的特徴はすべてにあてはまるものではないと副担当がやんわりと言った。

「たしかにこの染色体二十一番の異常により、心臓や消化器も特有の形になり先天的な心疾患や消化器疾患を患いやすく、特有の容貌にもなりやすくはあります」

口、鼻、眉間の中央のラインの筋肉の発達が遅いかわりに両側が普通どおり発達する例を、担当の医師がひきつぐ。

「目が吊りあがったり、中央に寄り斜視となったり、舌がはれぼったくなることはあります」

二人の医師は無駄な嘘はつくまいとしているようだった。

「しかし一見特有の容貌のようではあっても、おとうさん、おかあさんの特徴をきちんと受け継いでいるのです」

宝田は目もとの涙が頬、顎をつたい、ヘンリーネックの中にまで達していたが、両手でメモ書きをにぎりしめていた。

「……本で見たのですが、寿命が五十歳って本当ですか？」

「染色体の異常は、現代医学では治しようがありません」

ここでも担当と副担当が交互にこたえる。

「二、三十年前までは寿命が二十歳前後でした」

現在は合併症に多い心疾患や消化器疾患の外科手術の精度が上がり、八十歳以上生きる方もでてきているのだと、もう片方が言う。

「知的障害もあるんでしょうか？」

「生後まもない段階ですが、併発する確率がきわめて高いことは事実です」

「わたしたちの遺伝の問題ですか?」

医師二人は間をとり、譲り合っているようでもあった。

「今回は標準型である二十一番トリソミーですので、遺伝の問題ではありません」

ダウン症候群には標準・転座・モザイクの三つのタイプがあるのだと担当がこたえた。

「転座型は遺伝の可能性もありますが、標準型は遺伝以外に原因が考えられています」

仮に第二子を出産する場合でも染色体異常となる確率はきわめて低いのだと、ふたたび副担当が割りこんだ。

「遺伝以外とは?」

「わかっておりません」

「わかっていない?」

「はい」

「外見の特徴の原因とかもわかっているのに?」

「……不明です」

「……不明」

最後のこの三つ目の質問にかんしては、医師同士でも表情や口調がばらばらでかみ合っていないようすだった。

「はい」

「本当ですか?」

「標準型にかんしては……定説です」

徐々に医師二人の個が見えてくるようでもあった。

「定説?」

「……はい」

高齢出産ということがよく言われる原因ではあるけれども、はっきりしたことはわからないと言った。

「あたし二十八ですけど」

「……はい」

宝田が執拗に食らいつくことで、医師のほうも若干困惑しているようすである。

「高齢ですか?」

「……いえ」

「この前の震災は関係ないんですか?」

「……」

「妊婦やこどもは避難させるようにとか言ってましたけど」

「……」

猫木の目にはあきらかに三人のやりとりが行き詰まっているようにうつっていた。

「職場がかわって引っ越してきたばかりで、動こうにも動けませんでした」

「……ええ、いや震災とは関係ないかと」

もともとある症候群ですのでと小さく語をついだ。

「……ええ」

猫木は居ずまいを正してすこし長めに息を吸った。

「そろそろわたくしがお話ししてもよろしいでしょうか?」

猫木はこの小部屋に入ってはじめて自分の声をだした。

「よろしいでしょうか?」

それほど大きくない声量ではあるものの凜とした物腰で猫木が言葉をつづけると、三人は黙りこくった。

「では……ぬほん」

三人がここで黙ったことを、猫木は発進の合図ととる。

「失敬」

空咳を一つはさんで、医師二人の中間を直視した。

「どうもありがとうございました」

猫木の最後の演説は二人への謝辞からはじまった。

「先生がたお二人には大変感謝しております。実のところ、この直前の〝待合ロビー〟という名前でよろしかったでしょうか？　革張りのなかなかいいソファーがあったあの場所において、家内にお二人のことをあまり好きではないと陰口をたたいていたのですが、それはあなたがたがとらざるをえなかったこういったやり方や物の言い方にムカついたまでのことで、人間としてのあなたがたおひとりおひとりには、大変に感謝し、尊敬していることは本心です。産前産後の責任のすべてがこの小児科という診療科にかかっている印象は、わたくしも今回のことでもちえております。こういった告知を生後間もないこどもの両親におこなうことも、大変な心労だということは容易に察することができます。担当を二人にする分業制かつ高時給であったところで、わたくしなどには絶対にひきうけることのできない仕事です。尊敬しております。おそらくこども好きが高じてこの仕事についたとおぼしいあなたがた。あなたがたは培ってきた高い見識をもとにもっと自由に行動し、もっと自由に発言すればいいのです。それが一番わたくしたちのためでもあるのです。あなたがたが遠慮する必要は一切なく、あなたがたを束縛するこの国の現在が一番問題なのです。だから僕はこの国がだめだと思うんだ。起きてしまったことはしょうがないことだし、そんなことどの国にだって起こりうる。自然災害なんてまさにそうだ。原発事故だってそうだ。原発をなくしてほしいとはわたくしも思っていますが、原発を手放すことなど無理だということは悔しいけれどもわかっているのです。原発は国民の生活のための電力以上に、核の面において大変有効です。この国は核保有は建前上していないことになっていますが、核をつくることのできる原発はもっている。この国は二十世紀中頃におきた大戦の敗北の責任をとり、戦争放棄を一方で謳いながら、いつだって核をつくることのできる原発をもつことで、露命をつないできたのです。やろうと思えばいつだってやれるんだぞという威嚇により、ここまで本格的な戦争を仕掛けられたことはありません。それは四方を海に囲まれた国である以上仕方ないことだと思います。わたくし個人もこの国自身が束縛されている歴史をひきついで、隣国の中国、北朝鮮は嫌いだし、韓国やロシアもあまり好きではないように作られています。ここでもし原発を手放したら、この国は衰退します。国が奪われるかもしれません。原発はとっととなくしてほしいと思いつつ、原発がないとまずいことになる、この板挟みにある以上、わたくしはこの国で生きていくことに絶望感をおぼえて、自分が建設した国にこもっていたくなるのです。それでもこのようなことがわたくし一人に許されるわけでもないことはわかっているつもりですので、現在この時をもって自分の国の王位を退位しますが、いまだ煮えきらぬ思いがあるのも事実です。さまざまな思いがないまぜになっておりますが、あえて一つの思いで言うならば、やはり〝感謝〟の一語しか今はないように思います。国王であるわたくしを今まで支えてくださいまして大変感謝しております。だらだら且ぶらぶら。この国是を引き継いでこれから登壇する新国王のことも、是非ともわたくし同様に支えてあげてください。みなさん今までどうもありがとう。最後にもう一回だけ、くどいようですが、是非もう一回だけ、〝ありがとう〟を言わせてください」

国民ホール内の八七五〇〇人から万雷の拍手がわきおこり、国民公園のほうに集まる約三〇

○○○の国民たちもオーロラビジョンをつうじて両手をうちあわせる動作の映像がホール内に流れていた。
「どうもありがとう、みなさん」

王様は拍手が鳴りやむのを壇上で待った。

「そして、さようなら」

数十秒間待っていたものの、結局自分がこの演壇に立っている間は鳴りやまないことをさとり、一礼だけして場を去ることにした。

「さようなら、さようなら」

きこえる国民にだけきこえればいいという構えで別れの言葉を小声で告げた王様は国民たちに背を向けた。

「さようなら、みなさん」

背を向けて五、六歩すすむと、拍手の質がすこしかわったような気がした。

「王国の繁栄はつづく」

拍手一個一個の間が短くなったように思われる。

「マイ・カントリー・フォーエバー」

送別から歓迎に意味合いがかわったのだと王様は思いながら、舞台の袖口に消えていった。

「新国王をどうぞよろしく」

そしてドーム型の国民ホールそのものを裏口から足早にあとにして、回廊を二〇〇メートルほど歩いて隣接する建物内部に入り、三階まで階段を一段ずつのぼり、左手にあるすりガラスの扉をあけて先にすすみ、〝使用中〟の札が掛けてある小部屋の前に静かに立った。

「本当にそうです」

部屋の中からは男性のおだやかな調子の声がきこえる。

15

「天使の子と呼ばれることもあるくらい、二十一番トリソミーの子たちは本当に感受性の豊かな子たちが多いのです」

副担当の朝鮮系の名字の男性医師が、言葉を要所要所で区切りながら丁寧に説明している。

「本当にやさしい子ばかりです」

口調だけでなく選ぶ語も角の立たないものばかりである。

「二十一番トリソミーの子は本当にやさしい子ばかりです」

副担当の医師のほうは〝二十一番トリソミー〟と呼び、担当の医師のほうは〝ダウン症候群〟と呼んでいた。

「筋力が弱いということで、人とのぶつかり合いをしない子が多いです」

担当医師のほうは猫木がさきほど話していた途中で、自分のほうは自由がないわけでも国から束縛をうけているつもりもない旨のことをさしはさんで、猫木の言葉を止めたのち、自分はその役割をもって責務をはたしたかのように黙りこみ、副担当が慰撫するように話しはじめたのである。

「親の会なども各都道府県にあり」

さきほど唐突に話をはじめた猫木の行為を、告知された両親のパニック症状の一つととらえているようでもある。

「強制ではありませんが、参加してみるのもいいかもしれません」

お仲間ができるのも良いことかと思いますと語をついだところで、

「そう思います」と担当医師がひさしぶりに口をひらき賛同した。「孤立しないことがお子さんにとっても良いことです」

五時四十分からはじまったこの面談も六時十分をすぎ、副担当のほうは締めくくりに入っていたが、担当医師はそこから症候群のより具体的な情報をしゃべり、六時二十五分になったところで質問の有無を問うた。

「最後にご質問等あればどうぞ」

ないようでしたら今日のところは、という言下、演説中断以来沈黙していた猫木が律儀に手をあげて質問した。

「一つきいてもいいですか?」

猫木にはもともと確認しておきたいことがあった。

「ちゃんとしゃべれるようになりますか?」

これだけでは真意が伝わっていないと思い、人前で話したりとか挨拶したりとかと補足した。

「筋力が弱いということで」さきほどの外見的特徴の話を引き継いで、担当医師が説明する。

「口の動きにも困難をおぼえる方は多く、流暢に発語できない方も多いようです」

「……そうですか」

猫木は襟足のカーブをなでながら今日一番のあからさまな落胆の色を見せた。

「……そうですか」

「ええ」

とかえした副担当のあとで、担当医師が実はこのあともべつのご家族との約束がありと正直にきりだした。

「今日はおいそがしい中ありがとうございました」

担当と副担当は頭のつむじが見えるくらい頭をさげた。

「今日はおいそがしい中ありがとうございました」

猫木も同じ言葉をくりかえして頭を深々とさげた。

「……ざいました」

語尾だけ言葉を合わせてそのまま踵をかえした宝田にきっかけを見出して、猫木ももう一度頭をさげて場をあとにすることにした。

「……夕ごはんはどうする？」

二人の医師のとりはからいもあり、猫木と宝田は特別に午後二度目のこどもとの面会をはたしたのち、ＮＩＣＵと病院そのものをあとにして駅に向かうバスに乗車した。

「そう、夕ごはん」

「……夕ごはん」

猫木はべつのことを考えていたので、宝田の言葉にすぐには反応できていなかった。

「どうする、夕ごはん」

「……ん？」

こどもは前回薄目に感じられたまぶたも力強く閉ざして深い眠りに入っていた。

「おなかすいちゃった」

午後六時半を回っていたこともあり、ＮＩＣＵ内部の電灯の大半は落としてあり、室内そのものが母体の胎内のようで前回より室温もいくらか高くなっているようだった。

「あぁ、夕飯のことな」

猫木はそもそも自分は〝夕ごはん〟という言い方をしないことに気がついた。

「カレーにする？」

宝田のほうからカレーをきりだしてきたので、あぁ駅前にたしかあったな、カレー屋、とだけつぶやきかえす。

「あたしはツィキンがいい」

「……じゃあオレもチキン」

宝田は結果的に自分一人が〝ツィキン〟と言ったことを恥じたのか、カレーの話題を早々に切りあげて、今し方猫木が考えていただろうことに当たりをつけて言った。

「としおクンはとしおクンだから」

しかし猫木が今し方考えていたのは、明日の午前中から入っているアルバイトのことだった。

「はい？」

宝田が決めゼリフのように言うので、猫木はその真意をすこしだけ考えてみた。

「何かきめつけられても、としおクンはとしおクンだから」

言葉の真意や底意を丁寧に読みとる余力が今はなかった。

「……そりゃそうだ」

そのまま宝田のほうも沈黙し、バスが駅前に着きカレーショップに入店したあと、乗車中に言った自分の言葉を補足するように同じ語頭の言葉を言った。

「としおクンはとしおクンとして育てるから」

〝育てる〟の部分をとくに強調して発音する。

「もうおまえはいいよ」

猫木のほうもこの間思いをめぐらせていたのである。

「え、なんのこと?」

「としおの顔にへんな定規とかあててたし」

だって、と言って言葉につまる。

「としおはオレが一人で手塩にかけて育てる」

「いいって、いいって」

「いいから、いいから」

「そっちこそ、いいから、いいから」

最後は笑い声によく似た吐息をはさむ。

「いいからいいから、ほんと今までどうもありがとう」

「いいって、いいって、こちらこそ今までありがとう」

結局二人は譲り合わず、しばらく三くだり半をつきつけ合った。

「としおはオレ一人で育てるから」

「ううん、あたし一人でちゃんと育てるから、安心して」

二人分の会計は猫木があっさり譲り受け、自宅に着くまでの道中はふたたびイヤホンを耳につけることにした。

「オレが一人で育てる」

あたしが一人で育てるという宝田の声は、サスペンダーフロムヒダマウンテンズの曲ですでにきこえない。

「葦葦葦葦葦」

ここでは〝LIFE〟ではなく、昔からのお気に入りの一曲を流している。

圧倒的な存在感　絶対的な存在感　国民的そんざー
葦　葦　葦　葦
鬼怒川　利根川　那珂川　渡良瀬川　全部北関とーう
そこに　葦　葦　葦　葦　葦　は生えてる　かなあー
アーチ橋　ラーメン橋　ニールセン型橋　吊り橋　桁橋　の下にーい
川が流れていてーえ　それがあ　前述う　四本の北関東をーお
流れるう　川だったらぁ　最高だなーあ
JOY　JOY　JOY　JOY

葦　葦　葦　葦
その川にーい　葦が生えてたらぁ
なおーーoh oh　yeah yeah……

「ヨー保険のほかにも、けっこーいい保険がこの国にはあるって知り合いが言ってたんすけど、店長」

「フツーに年金のことだろ？」

「あぁそれです。それ僕もほしいんですけど」

「おまえ週三か四だろ？　週五で働かねえとムリだ」

「じゃあ週五にしてください」

門山店長は即座には返答しなかった。

「店側としてすこし考えていい？」

「なんでです？」

「おまえの素行がな」

猫木は背筋をのばしてまっすぐ立った。

「……ところで、急になんで週五日？」

「八十まで生きないといけなくなっちゃったんで」

「八十まで？」

「はい」

「……おまえ八十までここにいるつもりかよ」

「ええ、今のところは。けっこー慣れてきてラクなんで」

時給はあがりませんが、と付け足すことも忘れなかった。

「……しかし、どうだ、こどもは？」

冷蔵庫の下段からとりだしたオレンジジュースを二杯注いで猫木にもさしだしたが、この国のはすっぱいんでいいですと固辞した。

「……こどもは元気か？」

「ええまぁ」

「あぁそうだ」

急に何かを思いだしたような高い響きはそこにはない。

「ずっと渡しそびれていたんだけどな……」

猫木が店長室に来ないかぎり、普段二人にこのような接点はない。

「これやるわ」

「なんすか？」

惣菜などをつつむような藁色の薄い包装である。

「天ぷらのあまりすか？」

「……一応出産祝いだ」

「あぁ」

「時給はあげらんねえけど、これやるわ」

「あけていいすか？」

という許可をえる言葉をかけた時点で、猫木は包装をすでにたてに破り裂いていた。

「いらねえやつかもしれねえけど」

門山店長の言葉をそのまま受けとる。

「本当にいらないかもしれないっす」

バナナ色のレモンの画の刺繍がついた靴下だった。

「うるせえよ」

収穫の時期を誤ったようなすっぱそうなイチゴの赤い靴下も入っている。

「まぁありがとうございます」

頭はさげずして一応の礼を言っているあいだに、こどもの即位用の服装に靴下がなかったことを猫木は思いだした。

「〝まぁ〟は余計だよ」

赤い靴下の方は、蝶ネクタイの色ともいくらか合っているように思い、帰宅したらとりあえず刺繍のイチゴをハサミか何かで取り去って考えてみようと思った。

「使うかもしれません」

「べつにムリに使わなくてもいいよ」

「ええ」

「……まぁあれだなあれ」

「はい？」

「心臓に穴があいてても、大丈夫だと思うぜ」

「そうすかね」

「キャプ翼《つば ›》のミスギ君も心臓病かかえながら試合出てたし」

「あぁ」

「なぁ？」

「ええ」大丈夫だと思うと猫木も言った。「バリ3なんで」

「バリ3？」

「人の心の痛みがわかるやつになると思います」

依然目をしばたたいて合点がいかぬ表情をうかべている。

「店長はバリ2どころかバリ1だと思います」

「俺はバリ1ってどういう意味だよ？」

それから圏外かもしれませんという猫木の言葉の途中で、金属音が四回木霊した。

「じゃあオレそろそろいきます」

「……おう、そうか」

「はい」

「こどもによろしくな」

おつかれさんと労い猫木を送りだそうとした。

「いえ」

猫木は店長の頭と肩の間の遠景にある天ぷら屋には不釣り合いな銀縁の時計を見つめていた。

「キッチンにそろそろもどります。四時になったんで」

「……おまえ、仕事中だったのかよ」

天ぷら自体には依然手をつけさせてもらっておらず、現在も食器洗いが主たる業務である。

「おまええさぁ、ほかのスタッフからも苦情でてんだけど」

天ぷらを揚げる業務になったところで時給もかわらないようなので、猫木当人も当分このままでいいと思っている。

「休憩長くねえか?」

店長のお小言から逃げるように、ホールからは死角の裏方のキッチンに、猫木はそのままむかった。

「もう時間なんで」

スポンジとたわしを交互につかって食器をシンクの中で洗い、隣の食器乾燥機に入れる単純作業をくりかえしていると、キリンのように悪意のないあくびがときどきでる。

〈はやくおわんねえかな〉

そういうとき、猫木は首をのばしてホールのほうをのぞきこんでみることがある。

〈やっぱ、だらだら且ぶらぶらがいいな〉

国民ひとりひとりが毎日だらだら且ぶらぶらと暮らすことのできる天国のような国。

〈だらだら且ぶらぶら〉

ホールのレジ側の埋めこみ式の木目の細かい棚には二十四型のテレビがしつらえてある。

〈たのんだぞ〉

最近はなかなか見ることのできていない午後四時台の情報番組がすでにはじまっているはずだが、現在は時代劇の再放送が流れていた。

〈としお〉

流れている番組とは関係なく、この二十四型テレビが巨大オーロラビジョンとして猫木の目にうつることがある。

〈としお〉

国民公園の中にいるのか、どこにいるのか、退位したあとの自分の居場所がよくわからなくなることがままある。

「国民のみなさん、はじめまして、こんにちは」

それでも猫木の耳には新国王の挨拶の言葉がきちんと届いている。

「ぼくは二代目の王様になる猫木としおです」

ゆっくりとした発音ではあるが、その分丁寧な印象をあたえる物腰である。

「どうぞよろしくおねがいします」

国民のほうも新国王を目のあたりにして安堵しているようであり、酒をのんだり菓子をつまんで耳だけ傾けている者もいる。

「みなさんと一緒にこの国をよりよい、すばらしい国にしていきましょう」

〝雄姿〟とは若干違和のあるこぢんまりとした青年の姿だったが、そのマッチョとはほど遠い身体そのものが、この国の現在と未来を意気揚々と体現していた。

「初代国王の父上にはぜったいにまけません」

猫木はあくびの途中で口をあけたまま目尻をゆるめた。

〈二代目〉

食器乾燥機からまだ若干油のこびりついている食器をとりだして、大体の大きさだけ合わせて棚の中にしまう。

〈あとはたのんだぞ〉

そしてふたたびスポンジとたわしをつかって食器を洗い、食器乾燥機の中に入れて、開けはなしの棚の中にしまう。

〈二代目〉

一日に二百五十回ほどくりかえすこの業務と、王国のことを考えるだけで、現在の猫木豊の頭はいっぱいである。

東京五輪

父上様母上様　三日とろゝ美味しう

ございました。干し柿　もちも美味しうござい

ました。

（中略）

父上様母上様　幸吉は、もうすっかり

疲れ切ってしまって走れません。

　何卒お許し下さい。

気が休まる事なく御苦労、御心配をお

掛け致し申し訳ありません。

幸吉は父母上様の側で暮しとうございました。

1

右足をもちあげ、左手を前にだす。そして右足を地面におろし、今度は左足をもちあげる。左手をうしろに引き、右手を前にだす。

これが歩くということである。

つねに体の中心軸を意識しながら歩く。体の中心軸はたんに真っ直ぐであればいいわけではなく、背骨はゆるやかなS字、骨盤はやや前傾をとる。丹田のあたりに意識を集めればおのずと出来るはずである。足をもちあげる際も足だけを動かすのではなく、骨盤から動かすイメージをもつと良い。着地は踵からおこない、足裏全体に体重をのせ、最後につまさきから地面を離れるようにする。

できるだけ平たい地面の上で、丁寧に歩き、自分の生得的なフォームを知ることが肝要である。自分に合わないフォームのまま坂道や砂利道ばかりを歩いていては、十分な力を発揮することができない。人間は四足から二足歩行に進化をとげた動物である。翻って言えば、二足で歩かざるをえない動物でもある。歩くことをきちんと見つめ直すことで、走ることにも良い影響をあたえることができるのである。

2

「だぁから、ゆっくらでええから、ちゃんと歩けて」

続橋《つづきはし》先生は訓戒を垂れるときだけ、共通語になる人だった。

「ほれ、右、左、右、左」

午後四時をほんの数分まわったところだったが、あたりはすでに夜のように暗くなっていた。正五角形のこのグラウンドをとりかこむように設置してある、計五基の百合型の照明塔にもあかりがはいっている。もちろん本物の夜がやってきているわけではない。上空にいくつもの黒い雲がうかんでいるのである。春分をまたいだあたりから日は格段と長くなってきており、体感する気温のほうもずいぶんと高くなってきている。四月八日。緑色のネットごしに隣接する道路の街路樹のソメイヨシノはちょうど見ごろを迎えていた。ネットの目が細かいので花弁が飛んでくることはないものの、このグラウンドにも春の風物詩はある。部活動初日。校舎側から順番に、ソフトボール部、七人制ラグビー部、陸上部、サッカー部、野球部。それぞれのクラブがそれぞれの汗をながしはじめていた。とくにつよいにおいは、グローブの皮革とまじる野球部の汗。ホームベース型のこのグラウンドの形のとおり、最大面積を占めているのはあの野球部である。反対に、特定の居場所をもたずグラウンド上を遊牧民族さながら移動をくりかえしているのは陸上部。球技がひしめく中、肩身のせまい思いをしている。ひょっとすると、この上空に群がる雲とは、この陸上部を加勢するためにあらわれたものかもしれない。右、左、右、左。陸上部とおなじ動きをしている。雨をはらんでいるのだろう。石灰のラインに見立てた山々の稜線上をすすむ足どりはどれも重たく、早晩降らせることになる雨を自分自身が一番おそれているかのようにもうつる。あるいは、自分のフォームをきちんと確認しながら、ゆっくりと歩を重ねているようにもうつる。

わたしはあのときの空の光景を、現在そのように解釈している。

「ほれ、空見とらんと。目は前、前前前、ちゃんと前」

続橋先生はトラック練習に入る前、部員たちにいつも徒歩の練習をさせていた。一〇〇〇メートル。四列に整列して行進のように歩くことを指示する。フォームの訓戒とともに、開陳していたその練習意義によると、歩くフォームがそのまま走るフォームに直結するという自説をもっていたのである。建前としては、先生は偏りのないうつくしいフォームを是としていたが、驚くような無様なフォームで歩く部員もときたま褒めることがあった。

「いいぞ。木下。そんの調子だ」

一つ学年が上の木下先輩のフォームはさんざんだった。ほとんど言葉を交わしたことはないけれど性格はおそらく優柔不断であろうことをあらわして、一歩ごとに上体が左右に揺れ、腕振りはクレーン然として大きく、足はななめ後方に蹴り上がっていた。それでも続橋先生は木下先輩のそのフォームのことは褒め、そのフォームよりかはずいぶんマシなように思うわたしのフォームの方を注意していた。そのときの先生の言葉を最近のわたしはたびたび思い出す。

「おい新入部員、止まれ」

わたしは自分のことを言われているとはつゆ気づかず、そのまま歩いていた。

「おい、おまえだよ、そこの女子新入部員、止まれて」

肩を叩かれてようやく気づいた。言うとおり止まると、今度は走ってみろと言われた。わたしは列を外れて二十メートルばかり走ってみせると、ふたたび止まるよう命令された。

「まっすぐ立ってみろ」

わたしはまっすぐ立ったつもりになって、視線を先生のやや弓なりになっている鼻に据えると、ふたたび「歩け」と命じられた。そして命令のとおりふたたび歩きはじめると、落下した岩石のような剣幕とその挙動で、わたしの進路を塞《せ》き止めた。

続橋先生にたいする第一印象は最悪と言ってよかった。

「おまえ、いつもそのフォームか？」

「……ええ」

「いつからだ？」

「はい？」

「だぁから、いつからそのフォームかきいてんだぁ」

中学の陸上部時代に走法は数回改造したことがあるが、歩くフォームなど改造した記憶はなかった。

「椎間板かアキレス腱やったことあるか？」

「つんかんばん？」はじめてきく単語だった。「いえ、やったことありません」

と答えたものの、厳密には、わたしには既往症があった。わたしの記憶のそとにある既往症である。関節炎。四歳のときに患ったとのことである。当時の担当の医師に話を聞いた父親から話を聞いた、つまり、又聞きのわたし本人の身体の話となる。以来足の骨格がすこし変わったということだった。どちらの足かもわからないくらい、当のわたしにとってはまったく自覚症状のない既往症だった。歩くフォームについて注意されたのも、このときがはじめてだったのである。

「おまえ、この陸上部に入るんだな？」

「ええ。中学からやってきてますし」

約三・五秒の間があいた。

「無理しないようにするんだぞ」

「……はい」

「列にもどっていいぞ」

顔面からこわばりを消して、塞き止めていたわたしの進路から、その身体をゆっくりと退けた。さきほどよりもあたりはさらに暗くなっているように思う。正真正銘の夜がやってきたかのような暗さではあるものの、時計台の針は午後四時半。上空にうかんでいた黒い雲はその数を増やして、まもなく巨大な一体の叢雲《むらくも》になろうとしているようだった。

さきほどまでとは進路の光景がすこし異なってうつる。

高等学校一年次のその陸上部入部初日を最初で最後として、自分のフォームについて、続橋先生から何か指導を受けることはなかった。〝ふんばれ・がんばれ・きばれ〟といった抽象的な指導は毎日のようにあったが、具体的な指導を受けたことはなかったと、わたしは記憶している。それは何もわたしに対してだけというわけではなく、先生自身の指導方針がオーソドックスなフォームのみを生徒たちに伝えて、あとは生徒たちの身体がそれを受け入れることの可不可に注視するものだった。精神ではそのオーソドックスなフォームのとおりに動かせようとも、身体がそのフォームに馴染めないことがある。その馴染めないはみ出した部分を大事にする先生だったのである。

わたしが続橋先生にフォームの改造を申し出たのは、高校二年生の三月中旬に入ってからのことだった。

「先生、わたしどうしたらいいでしょう?」

高校最後の大会となるインターハイ県予選を約二ヵ月後にひかえていたのである。

「……ちょいとそっちいくべ」

休み時間に職員室のドアをたたいたわたしを一目見て、何か不穏なものを感じ取ったのかもしれない。先生は職員室からそのままグラウンドに出ることができる、職員の喫煙所ともなっている矩形のスペースを指さした。先生とわたしは上履きのままそこに出たのである。

「んで、どうしたらいい、とは?」

喫煙していた職員は全員職員室に足早にもどった。

「勝ちたいんです」

続橋先生はわたしのこの懇願をずっと前から予想していたように、表情にこれといった変化を見せなかった。変化のないことが一番の変化のように、表情は不自然なくらい冷静沈着を保てている。顳顬《こめかみ》の脈と頬の肉がすこしだけぴくついて見えるが、このとき気づいた平生からの先生のクセなのかもしれなかった。ここまで近い距離で先生と顔を突き合わせたことはなかった。そして数回たてつづけに瞬きをしたことを合図のようにして、わたしの今しがたのことばを反復した。

「……勝ちたいんです」

「はい」

「どうしても勝ちたいか?」

わたしは深くうなずきかえした。それでももう二度おなじ質問をされた。

「どうしても勝ちたいか?」

「はい」

「どうしても勝ちたいか?」

「はい」

ここでは間髪をいれずに言った。

「おまえにとっておきのフォームがあるんだ」

そして先生とわたしは、ミズノとアシックスの陸上シューズにそれぞれ履きかえて、あらためて外に出た。先生の指示どおりにフォーム改造にとりくむ。力をぬいて、空中に自分の身体を泳がせるように自然体で走ってみる。身体のゆがみをそのまま受け入れて、顎と腕の動きで左右のバランスをとる。顎の尖端を振り子にしてすこし突きだすイメージだが、むりやり突きだして前傾姿勢になる必要はない。あくまで自己イメージだ。このフォームで三百メートルほど走ってみただけで、何かの逆境に立たされているような気分になった。それは全身にきちんと力が行き届き、踏ん張りがきいていることの証でもある。頭でフォームの手順を考えずとも、自然とすぐにそのフォームで走ることができるようになった。

「どうだべ、このフォームは?」

続橋先生のことばは、このフォームはもとは誰かの所有物だったかのようなひびきをもっていた。ためしに誰かの靴を履かせてみた、というような。

「これって誰かのフォームですか?」

「ほれ、右、左、右、左」

「先生」

「……なんだ?」

わたしは黙って一度走るのを止めた。

「これって誰かのフォームですか?」

「どうしても知りたいか?」

わたしは深くうなずきかえした。やはりここでもさきほどと同じくだりをさせられた。

「どうしても知りたいか?」

「はい」

「どうしても知りたいか?」

「はい」

そしてわたしの目を見つめながらも、わたしの目のむこう側が透けて見えているようなおぼつかない視線で、わたしを婉曲にとらえる。

「円谷フォームだ」

「つぶらや？」私の脳裏にうかんだのは――胸の中央にカラータイマーをつけて、地球とはべつの星から飛んできたヒーロー。「あのウルトラマンの、ですか？」

関節炎の記憶はないものの、ウルトラマンの記憶はある。

一九七〇年代後半生まれのわたしにとって、円谷といえば、ウルトラマンなどの制作で知られる円谷プロダクションだった。幼少期、テレビのチャンネルの主導権をもった兄の影響でよく再放送を視たものだった。思えばわたしが陸上をはじめたのもその兄の影響だった。マラソンの円谷のことを、インターネットと本で知るのは、社会人になったあとのことになる。名前だけとりあえず脳裏に書きとめて、そのときはフォーム改造に引き続きとりくんだのである。

「ちがうべ。円谷幸吉《こうきち》」


続橋先生のご指導のおかげで、わたしは最後のインターハイ県予選で八位入賞をはたすことができた。それまでの最高位が高二の冬の十一位だったので、タイムとともに順位もベストを更新したことになる。結果として全国大会に出場するという夢は夢のままついえてしまったわけだが、わたしには相応の達成感があったのである。先生もこの成績には満足してくれた。全校生徒が一堂に会した体育館の壇上できちんと表彰もしてもらえた。すべてはこの名誉と成績のために努力してきたのだ。

わたしが高校最後の大会で好成績をおさめることができた理由は、一概にフォーム改造だけだとは言い切れない。競技当日は自分の得意とする南南西の風が吹いていたこともタイムには味方をしたし、ライバルだとこちらが一方的に思っていた他校の選手たちがこぞって不調を訴えたり欠場したことも順位には味方をした。

それでもやはり、このフォーム改造が一番の理由だったとわたしは考えている。

記憶にはないはじめての感覚だった。続橋先生にコーチしてもらい試してみた瞬間、このフォームの鋳型のような溝に自分の身体が自然としずみこんでいくのがわかったのだ。自分は今までよその人のフォームで走っていたのだと思った。女子のわたしが、身体をすこしゆがめたまま顎を前に若干突き出して、というような〝円谷フォーム〟をとるのは不恰好であり、その不恰好さをおのずと避けて、見た目だけを追い求めた無理なフォームでこれまで走っていたのかもしれない。このフォームで走りはじめてしっくりきた顔をしたわたしを、続橋先生はさも当然だと言わんばかりに引き続き冷静沈着を保った面持でながめていた。当然すぎて出てきたあくびを嚙み殺して目は涙目になっていた。だったら何故このフォームをもっと早くに教えてくれなかったのだろう。わたしは当時そのような疑問をおぼえたことがある。でも最後の大会で順位とタイムのベストを更新したことで、その疑問は競技当日の南南西の風とともに吹き飛んでいた。父親も兄も、わたしの活躍をとても喜んでくれたのである。

郵便はがき

1 1 2-8 7 3 1

料金受取人払郵便

小石川局承認

1473

差出有効期間
平成27年10月
31日まで

〈受取人〉
東京都文京区
音羽二—一二—二一
㈱講談社
群像出版部 行

お名前

ご住所 〒

電話番号

メールアドレス

記入日付　　　　年　月　日

今後、講談社からお知らせやアンケートのお願いをお送りしてもよろしいでしょうか。ご承諾いただける方は、下の□の中に✓をご記入ください。

□ 講談社からの案内を受け取ることを承諾します

TY 000072-1311

ご購読ありがとうございます。今後の出版企画の参考にさせていただくため、
ンケートへのご協力のほど、よろしくお願いいたします。

書名

Q1. この本が刊行されたことをなにで知りましたか。

1. 書店で本をみて　　2. 書店店頭の宣伝物
3. 本にはさまれた新刊案内チラシ　　4. 人に聞いた（口コミ）
5. ネット書店（具体的に：　　　　　　　　　　　　　）
6. ネット書店以外のホームページ（具体的に：　　　　　　　　　　　）
7. メールマガジン（具体的に：　　　　　　　　　　　　）
8. 新聞や雑誌の書評や記事（具体的に：　　　　　　　　　　）
9. 新聞広告（具体的に：　　　　　　　　　　　　　）
10. 電車の中吊り、駅貼り広告
11. テレビで観た（具体的に：　　　　　　　　　　　　）
12. ラジオで聴いた（具体的に：　　　　　　　　　　　）
13. その他（　　　　　　　　　　　　　　　　　　　　）

Q2. どこで購入されましたか。

1. 書店（具体的に：　　　　　　　　　　　　　　　　）
2. ネット書店（具体的に：　　　　　　　　　　　　　）

Q3. 購入された動機を教えてください。

1. 好きな著者だった　2. 気になるタイトルだった　3. 好きな装丁だった
4. 気になるテーマだった　5. 売れてそうだった・話題になっていた　6. 内容を読んだら面白そうだった　7. その他（　　　　　　　　　　）

■この本のご感想、著者へのメッセージなどをご自由にお書きください。

ご職業　　性別　　年齢
男・女　　10代・20代・30代・40代・50代・60代・70代～

3

今のわたしには、続橋先生がわたしに〝円谷フォーム〟を最後の最後になってようやく教えたその理由がわかる。

現在わたしは、大学卒業後に勤めていた会社をいわゆる寿退社し、こどもも産み、親子三人でくらしている。一昨年末にマイホームも購入した。この不景気と言われる時世に夫の仕事も順調なようである。悩みのタネは周りからはわからないと思うし、実のところ、自分でもよくわかっていない。今はおそらく人生の中でも良好な時期にあるのだろう。

それでも気分は晴れない。俗に言われるマリッジブルーやマタニティーブルーといった類のものとも違う気がする。わたしはきっとこれから人生の絶頂の瞬間をむかえ、そこからゆっくりと下降していく運命にあるのだ。最近わたしは続橋先生のことばをよく思い出す。

4

円谷幸吉は一九四〇（昭和一五）年五月十三日、福島県須賀川町《すかがわ》（現在の須賀川市）に生まれた。

家族は、会津若松の陸軍第二師団六十五連隊に配属された経歴をもつ小作農の父と母、そして六人の兄と姉がいた。末っ子として生まれた幸吉は、体育会的な父親と兄の影響で、幼少期よりかけっこが大好きな少年だった。球技などとはことなり、家計を圧迫することもすくない。その〝かけっこ〟が小学校の〝徒競走〟、中学校の〝マラソン大会〟、高校での〝陸上競技〟へと名称の変遷をとげていくことになるわけだが、幸吉はこれといった成績をあげることはなかった。それには幸吉が五歳のときに患った病気が影をおとしていたようである。結核性関節炎。発見が遅れていれば、歩行もままならない身体となっていただろうものだった。幸い発見が早かったため、右足の骨格のゆがみだけで事はおさまったのである。

右に傾いた重心、腕は左の方をやや大きく振り、顎はやや突きだして全体のバランスをとる。このような幸吉のフォームは、右足の方を若干短くしたとされるこの関節炎、そしてこの関節炎を発病するにいたらしめた生得的な律動がつくりあげたフォームだったのである。珠算部、剣道部をへて入部をはたした須賀川高校陸上部において、幸吉は自身の特性にあったフォームをじょじょに確立していくことになる。最終学年時には、周回遅れのブービーとなったものの、夏のインターハイにも出場をはたした。

【一九五八（昭和三三）年】

福島県高校総体	五〇〇〇m	三位
東北高校総体	五〇〇〇m	六位

全国高校総体　　五〇〇〇m予選　一七位

それでも全国的にはまだ無名選手だった幸吉は、一九五九年、選手として走りつづけることをあきらめ陸上自衛隊に入隊した。実家が裕福ではなかったことと、父親も陸軍経験者であったことがその理由である。規律のきびしい生活の中で、趣味としてジョギングをたしなむ時間すら与えられていなかった。ちょうどそのころ、ミュンヘンで開かれたIOC（国際オリンピック委員会）総会において、一九六四年東京五輪の開催が決定した。日中戦争の影響で一度中止となっていた東京開催でもあった。その時点ではジョギングすらできていない幸吉にとって、到底手の届かない存在だったが、五輪のあの大観衆の中で一度でいいから走ってみたいという夢は、忘れずもちはこんでいたのである。

青森県八戸市における前期教育と新隊員教育を修了した幸吉は、陸上自衛隊郡山駐屯地第六特科連隊に正式配属となった。ここが一つの転機となる。午後五時以降にようやく自由時間が与えられるようになり、ジョギングをはじめたのである。そして上官の斎藤章司の理解をえて、自衛隊に籍を置いたまま大会に出場することも可能となったのである。

【一九六〇（昭和三五）年】

熊本国体　　五〇〇〇m　　五位

【一九六一（昭和三六）年】
秋田国体　五〇〇〇m　二位
日本選手権　五〇〇〇m　六位
【一九六二（昭和三七）年】
日本選手権　五〇〇〇m　優勝
日本選手権　一〇〇〇〇m　優勝
岡山国体　五〇〇〇m　優勝

好成績をおさめたことで、郡山駐屯地の中に斎藤と二人だけの陸上部を誕生させることとなったのである。

そして幸吉はトラック競技からマラソンにも挑戦することになる。五輪競技の目玉とも称されるマラソンには、幸吉も大きな憧れを抱いていたのである。目標は東京五輪出場。陸上競技最終日におこなわれるマラソンに出場することを最大のモチベーションとし、幸吉はさらにきびしい練習を自分に課しつづけたのである。結果、幸吉はトラックで培った速力と成長力を認められ、並みいる日本陸上競技界のエリート達をおさえて出場権を勝ちとったのである。そして幸吉の人生において、このマラソン・レースが絶頂の瞬間となり、同時に下降のはじまりともなったのである。

一九六四年十月二十一日・東京五輪マラソン当日。

序盤こそ三十位ちかい順位だったものの、幸吉に焦りはなかった。十キロ地点では十三位まで盛りかえし、折り返し地点では五位にまで順位を上げていた。出場だけで御の字だった幸吉が、世界の強豪と肩を並べて前半・世界五位。日本人一位。幸吉の上り調子はとどまるところを知らず、三十キロ地点で三位、そして四十キロ地点ではとうとう二位。宇宙人とも称されたエチオピアの〝裸足の英雄〟アベベには結局追いつけなかったものの、観衆約七万人が埋めつくす国立競技場の最終トラックに世界第二位で戻ってきたのである。東京五輪における最大のクライマックスともなったわけだが、この大舞台で幸吉は後方の選手（イギリス代表ベシル・ヒートリー）に追い抜かれることとなる。ゴールした瞬間の幸吉の表情に喜色はなかった。

閉会後、銅色ではあったものの東京五輪・陸上競技ただ一人のメダリストとなった幸吉のもとには、多くのメディアが駆けつけた。幸吉自身そういった変化にうかれていたわけではないだろうが、東京五輪というモチベーションを失ったことは事実だった。国立競技場の最終トラックで自分を追い抜いていった者の姿を回想する毎日がつづいた。走ることをおそれるようにもなったのである。五輪後に招待選手として参加した二つのマラソン大会でも思うような結果があげられなかった。

【一九六五（昭和四〇）年】
北海タイムスマラソン　マラソン　二八キロ途中棄権
【一九六七（昭和四二）年】
読売全国マラソン　マラソン　九位

ときには無名選手や学生に苦杯をなめることもあったようである。当時の新聞にこのような記事があった。

「伏兵の小賀田（リコー）優勝　2時間20分40秒　大会新

【水戸】第十五回読売全国マラソン水戸大会は、十九日午後一時水戸市青柳運動公園をスタート、久慈川橋折り返しの42・195キロのコースに、二百二十六人という日本のマラソン・レースではかつてない人数が参加して開かれた。レースは前半、東京オリンピックの三位円谷幸吉（自衛隊体育学校）を中心に進められたが、後半になって円谷がブレーキを起こし、マラソンでは無名の小賀田和美（リコー）が2時間20分40秒の大会新記録で優勝する大番狂わせとなった。

①小賀田和美（リコー）2時間20分40秒＝大会新②原（明治製菓）2時間21分30秒③田中（日本電気）2時間21分34秒④増田（日体大）2時間22分2秒⑤木野（専大）2時間22分19

秒⑥滝田（日本電気）2時間22分31秒⑦山田（リッカーミシン）2時間23分3秒⑧佐々木（東洋大）2時間23分10秒⑨円谷（自衛隊体育学校）2時間23分37秒⑩太田（マックスＫＫ）2時間23分37秒

円谷37キロでケイレン

円谷がまず飛び出したが、10キロから増田がラップをとった。前半はかなりのハイ・ペース。5キロ・16分4秒、10キロ・32分1秒は、君原（八幡製鉄）の国内最高（2時間13分34秒4）のラップに匹敵するものだった。だが時計をみながら走る円谷には余裕がない。足が重く、顔は20キロでもう汗まみれだ。折り返してから増田との差が急に開き、30キロで1分19秒。スピードが目にみえて鈍り、37キロで右モモにケイレンを起こした。小賀田は40キロを過ぎて先頭をゆく増田を追い抜き汗もかかずにゴールインした。（茂野）」〈読売新聞　昭和四十二年三月二十日　朝刊〉

5

円谷幸吉は東京五輪の四年後の一九六八年一月八日、自衛隊体育学校の宿舎の自室で自殺した。折りたたみ式の剃刀を自分の右頸動脈にあてての自殺だった。遺書は便箋三枚にわたり、うち二枚は家族に宛てたもの、一枚は自衛隊関係各位に宛てたものだった。その文章と内容は川端康成や三島由紀夫などの作家たちにも取り上げられた。自殺の理由については諸説あり、その諸説あるということ自体が、一番有力な理由となっているようである。つまり、陸上競技における不振、椎間板ヘルニアとアキレス腱炎の症状悪化、生真面目、自衛隊内における金メダル主義、結婚を約束した恋人との破局――理由は一つではないということ。

6

「ただいまぁ、ママ」

「……おかえり」

「ほら、夕飯買ってきたぞ」ブルーブラックの自動車の型押しが入ったエコバッグを得意げに上下してみせる。生卵は中に入っていないのだろう。「手打ち風のうどん買ってきたぞ、手打ち風のうどん。讃岐のヤツだそうだ」

「ありがとう」

息子の聡司《さとし》と夫が自分たちでドアをあけて家に戻ってきた。

わたしは下半身に振動が極力伝わらないように背だけをまるめて、自分の腰を見つめた。

〝18：26〟。ＹＡＭＡＳＡのこの万歩計には、電光画面の左隅に小さな時刻表示が入っている。

わたしは時刻を確認してから画面中央の現在の歩数に焦点を合わせた。

〝65〟

あとは、夕食を食べるのが先か夫が取りこんだ洗濯物をたたむのが先か、いずれにせよそのあとお風呂に入って一度二度トイレに行って、寝るだけ。この時間帯にしてはまずまずの歩数だった。

「今日はこれだけでよかったんだよな?」

エコバッグから化粧水と毛穴すっきりパックをとりだして、わたしにわたした。

「ありがとう」

「調子はどうだ?」

「まずまず」

「そうか」

赤茶けた唇を口内に押しこんだまま、まばたきをこきざみに繰り返す。

「そうか、そうか、そうか」

エコバッグをさげたまま、夫は奥のキッチンにむかった。

本心では〝そろそろ病院にでも行ってみたらどうだ?〟とでもわたしに言いたいところなのだろう。わたしにはわかる。それでも言わないのは、心の中でわたしをウツだと思っているからである。ウツの人に通院をすすめてはいけないという浅はかなマニュアルに沿って、夫は言わないだけなのである。わたしにはわかる。

わたしは実際にこれまで四度ばかり病院に行ったことがある。寿退社する前働いていた会社の近くにあった総合病院である。通院しても意味のないことがわかり、最近は行っていない。

「じゃあ、茹でるな、手打ち風のうどん」

「……うん、ありがと」

わたしはキッチンに立つ夫の背中に〝うん、ありがと〟と書をしたためるように言った。

この夫とそれから息子にも申し訳ないと思っている。

現在の肩書きは〝専業主婦〟であるのに、それらしいことはほとんどできていない。歩数の多い家事——掃除全般・洗濯（干し）・郵便物確認・朝食と夕食・聡司の送り迎えを夫にしてもらっている。わたしは歩数のすくない家事——洗濯（畳み）・昼食・食器拭きといったことしかしていない。聡司の相手も家の中でのみである。

「ママ、あそぼ」

「……いいわよ」

わたしは聡司とあそんであげる前に、背だけまるめて、現在の歩数を念のため確認した。

〝65〟

もちろん〝65〟のままだ。ウレタン樹脂のこのクッション性の高い座布団の上に、昼食後のトイレ以来、ずっと座っているのだから、増えているわけがない。もしかしたら、今日は八十歩以内で一日を終えることができるかもしれない。

「ねえって、ママ」

「……ちょっとまって」

一日百歩以内におさえることを決まり事にしている。これまでのベストは十七歩。先月腹痛をともなった風邪をひいて一日中寝こんでいたときに更新した自己ベストだった。風邪は風邪で苦しいものだけれど、歩数が節約できるのだから、なにも悪いことばかりではない。

「なげて、なげて」

「……どれ？」

この一年間で四キロちかく増量したことになるが、はっきり言って、体重の変動などはどうでもいい。一日の歩数の問題にくらべれば、体重の変動など見た目上の問題にすぎない。

「それ、それ」

「……さ、いくわよ」

右手のみをのばそうとすると、自分の手が人体ではなく着脱可能なロボットのパーツのように感じられてしょうがない。左足の関節から臀部にかけての部分に、ちょっとした違和感をおぼえる。

「はやく、はやく」

「……わかってるから」

痛みをともなっていないことと、毎日のようにおぼえる違和感でもあるので、最近ではそこまで動揺することはない。今眼前で口をおおきく開けてせっつく聡司の表情を拝借して表現すれば、ずっと閉ざしていた巨大な口のような存在がすこしだけ開いたような違和感である。全身に嚙みつくような痛みをあたえることは、今のところない。

「ねえって」喉のおちんちんを下のおちんちん以上、立派に振っている。「ママ、ママ」

わたしはそのまま右手をもう三センチほどのばして、フロアリング上の蛍光色のビニールボールをとってやり、肘下の動きだけでころがす。破顔して喜ぶ聡司の表情をみとめてから腰の万歩計を確認する。

〝65〟

もちろん〝65〟のままだ。今日はまだ残り三十五歩の余裕があるという現実に、わたしはささやかな癒しを感じた。

「ママとって」

「ほら、自分で頑張って」後逸したボールは自分で取りに行かせる。「取りなさい。いい？」

「うん」

「あら、うん、ほら、すごい、まぁ、やるじゃない、聡司」

歩数とは対照的に口数はそれなりに多い方だと自覚するわたしの声に反応したか、夫がこちらを振り向いた。

「サトシは将来プロ野球選手、か？」

「ははは」

「それとも、なんだ」

「ははは」

「ほかのスポーツ選手、か？」

「ははは」

「オリンピック選手、か？」

ここ数年〝東京オリンピック〟という言葉をよく耳にする。

「オリンピックにでるには、いっぱいいいっぱい、食べないと、な、サトシ」

「ははは」

「かきあげ二個入れる、か？」

「うん！」

とくに最近、テレビやラジオをつうじて目や耳にすることが多いように思う。時代が時代なら不敬罪ともなりかねない皇居のまわりをジョギングするひとたちの光景や、芸人たちのオリンピック挑戦、五年前にはじまった東京マラソン、そして現在この国をとりまく状況そのものが、幸吉の人生における大きな転換点となったあの東京五輪の一つの気運と同じように感じられてしまうこともしばしばである。

わたしの耳には、さきほどの夫の〝オリンピック選手〟の言葉の余韻がまだつよく残っており、二人の声がまともに入ってこなくなってきていた。聡司を相手にするときだけ切り離して発音するクセのある夫の語尾の一音と、表情は真顔のままはっするクセのでてきた聡司の乾いた笑い声のみが、何度も何度もこだましてきこえる。

「か?」

「ははは」

「か?」

「ははは」

「な」

「ははは」

「か?」

「ははは」

円谷幸吉は、東京五輪のレースの最終トラックにおいて、抜かれてはならない人物に抜かれたのだとわたしは思っている。イギリス代表のベシル・ヒートリーに抜かれたわけではないのである。

できることなら、芸能リポーターのように他人の死の理由なんて考えたくないのだが、幸吉のこととなると、ついつい考えてしまうのである。上官の反対を受けてもいたという結婚を約束した恋人との破局があったからといって、陸上競技で思うような結果が残せなくなったからといって、性格が生真面目だったからといって、みずから死を選ぶような人間じゃない。わたしにはわかる。ただ走っていること、ただ歩いていること自体が、その終着地点に向かわせていたのだ。わたしにはわかる。

「おまえは？」

「……ん？」

「かきあげは入れる？　それとも後《あと》のせ？」

「……なに？」

「か・き・あ・げ」

「……かきあげ。いらない」

現時点でわたしは幸吉とおなじ腰の椎間板やアキレス腱を痛めているわけではない。幸吉とおなじく幼少期におこした左足の関節炎も自覚症状はずっとなかった。現在毎日感じるようになりつつある自覚症状も、あくまで自覚症状である。特定の病名を付されているわけではない。今はおそらく人生の中でもまだ良好な時期にあるのだろう。結婚と出産が人生における絶頂の瞬間と以前は考えていたが、蓋をあけてみるとそうではなかったようである。やはりわたしにとっての絶頂の瞬間もおそらくあの東京五輪にあるのだろう。

今後歩数がふえれば、状況が一変することは目に見えている。関節の違和感は自覚症状の域をこえて病名を付され、行く行くは、椎間板ヘルニアとアキレス腱炎を発症することは火を見るよりもあきらかなのである。

四年前にはじめて会社のちかくにあったその総合病院を訪れたとき、わたしは実際に人間にはこういうことがあるものなのか率直にきいてみたことがある。こういうこととは、歩き方がその人間の運命まで左右することがあるかどうかということである。担当の医師は診察をひとまず終えて、三週間後にまたお越しになってみてはどうだろ、と言ったあとでわたしの質問にこう答えていた。

7

「肩の凝りとかめまい、あと何だろ、吐き気や頭痛、下痢といった諸症状は、日常的に感じてはなかったんだよね？　うん、そうそう、さっきの問診のくりかえしになるんだけども、今は産婦人科のほうだけだよね？　ご通院してんの。心療内科のほうの経験はなかったんだよね？　ははぁ、おそらくそのぅ、んま、なんだろ、歩き方が精神にまで影響をおよぼすということは考えにくいことではあります、はい。運動不足がメタボリックシンドロームとかの身体的症状だけじゃなく、精神にも影響をおよぼすということはすでに研究結果としてあるんだけど、それとはちょっと違うようだしね、うん。とくに身体に異状があるというわけではなさそうなんで、んーまぁ、様子を見て精密検査してもいいかなと思うんだけども、うん、そうそう、もちろん、ウォーキングとかいう分野の専門家じゃないから、ぼく。ただ、歩き方を警戒するあまり運動不足に陥ってはさらに、ってことだよね、一番怖いのは」

8

「どこほっつき歩いてたのよ？」

「すみません。待ち時間があって」

「いいわね、オメデタつづきで」

「……でも今行ってきたのは産婦人科じゃなく」

「自慢して、自慢して、自慢して」

「はい？」

「そのまま火星まで行っちゃいなさいよ。まったくいい気なもんね」

「……自慢なんかしてませんから」

「うそ、うそ」

「それと」わたしはここで先輩の最初の言葉をきちんと否定することにした。「ほっつき、歩いて行ったわけじゃありません。タクシーですから」

職場は〝午後〟がはじまっていた。

隣席の先輩にむかって深々と下げていた頭をもちあげて、わたしはあわてて着席した。身重の自分の身体のためを思ってのことではなく、自分の行為が上官にたいする三等陸尉のように思われてきたために着席したのである。

妊娠発覚後営業部からまわしてもらったこの人事部では、各々にあたえられた仕事の進捗状況により、午前十一時から午後二時の間に好きなだけ昼休みをとることができた。

「タクシーだから何？　これ見よがしに産婦人科なんか行かないでくれる？」

「……すみませんでした」

昼休みどころか昼食をとる時間すらままならなかった営業部第二課とは、雲泥の差である。〝午後〟がはじまっても、電子ゲームや手芸、午睡をとっている社員のすがたもある。

「たしかに、一時半くらいはどうってことないわよ」

「……はい」

この課に来たのが幸吉だったら、きっとジョギングをはじめていることだろう。

「でも勤務中にオメデタ、アピんなくてもね」

「アピールなんかしてませんから」

会社のちかくに大きな総合病院があったので、昼休みを利用して行っただけの話だ。病院では、最初診療科に迷った。とりあえず整形外科に行き「異状はないですね」との足の骨格の検査結果をうけて、「他の原因も考えられます。いろいろと回ってみてはいかがですか。そうですね、まずは」と遠回しでありつつ精神科を早口ですすめられたのだった。

「結婚と出産は人生最高の大舞台でしょ？」

「はい」

「ほら〝はい〟じゃない？」

「人生最高の大舞台だから、あとが怖いんです」

「はい？」

「はい」

「……みんなピリピリしているのよ」

ピリピリしているのは、〝みんな〟ではなく、このひとだけだと思う。六・四で分けた前髪と刺青なのかもしれない濃い眉。営業部第二課時代にも二年間おせわになっている宅間辰江《たくまたつえ》先輩である。

「あなた、もしかして言われてムカついてる？」

先輩は先輩で、おそらく別の理由があって、営業部第二課からこの人事部に回ってきたのだろう。

「いえ、そんなことはありません」

本当にそんなことはないのである。

この宅間先輩はもともとやさしい先輩であり、入社当時から大変おせわになってきたのである。契約書をシュレッダーにかけるポカを一度やったときも「私の不徳の致すところです」と自分をかばってくれたことがある。広尾のＢＡＲに連れていってくれたこともある。

そんなにやさしかった先輩が、このように豹変した責任は、事実、わたしにあるのだ。先輩は結婚願望とそれに付随する性欲が人一倍強いことを知っていたので、わたしはずっと結婚と妊娠をおし隠していたのである。結果それが裏目にでた。

「本当はムカついてるんでしょ?」

「嘘ではありません」

「きいたわよ」

先輩は突然声のオクターブを下げた。

「あなた今朝退職届だしたんでしょ?」

「色々とおせわになりました」

「いつ?」

「今月いっぱいです」

「なんで?」

「そろそろツワリがひどくなってきたこともあり」全部本当のことだ。「産休を待たずに仕事を辞めていいと夫の方も言いはじめたので」

理由のもう一つは、最近になって毎日の歩数にまで気がまわりはじめたからだった。

「うそよ」

これから生まれるこどものために、という真意が自分の中にあるのかどうかはわからない。毎日の歩数をおさえたところで、時間の問題、あるいは無駄なあがきでしかないのかもしれないが、やはりすこしでも先延ばしにしたいという想いが強くなっているのである。

「うそよ、アタシを憎んでるんだわ。アタシは女の後輩にまで嫌われたのよッ！　人間落ちる所まで落ちたもんねッ！」

さきほどから左目は右目の約三倍の回数のまばたきをしている。

宅間先輩はわたしが先輩に嫌気がさして退職届をだしたのだと考えているらしかった。妊娠発覚後も転属して仕事をつづけたのにこのタイミングで辞めることを不審がっていた。

「嫌ってませんよ」

「もういい、いい、あなたはしゃべんなくて」

「はい」

「先輩だと思ってないんだから、返事もしなくていいッ！」

わたしは黙ってうなずいた。

事あるごとに激昂する先輩にたいして、わたしはつねに平静を保てていると思う。それは表面上ではなく、本心からそのように思っている。しょうがないことなのだ。本当にそうなのかどうかはわからないけれど、以前の溌剌としていた彼女を知っているわたしにとって、先輩こそ本物のウツを患っているひとのようにうつっていた。たぶん、何でもかんでも他人のせいにする新型のウツではなく、典型的な自己追い込み型のウツ。そのような先輩とひき比べることで、わたしは自分がウツではないことに確信をいだいていたのである。

「ごめんなさいね、二木さん、ついカッとなっちゃって」

今度は右目のまばたきの方が一・五倍の回数となっていた。

「こちらこそすみませんでした」

「ううん、悪いのは全部アタシ」

「……いえいえ」

「健康で元気な赤ちゃん産んでね」

「……はい」

9

ヨーロッパ、アフリカ、南アメリカ、北アメリカ、オセアニア、アジア。世界の皆々様、ようこそ、日いずる国ニッポンへ。皆々様のご行進、大変ご立派でした。今日から十五日間、是非是非とも極東の国ニッポンをご満喫していって下さいまし。清々しい快晴のもと、東京五輪開会式はいよいよ選手入場における最大の山場をこれから迎えます。さぁさぁ、皆様おききくださいい、観衆七万人超のこの割れんばかりの歓声を。雷鳴のような手拍子を。いよいよ我らが日の丸選手団の入場です。オリンピックマーチの高らかな大合奏に合わせて、右、左、右、左、この国立競技場に入場行進してまいりました。開催国の名に恥じぬ実に力強い行進であります。右、左、右、左。日輪のごとく真っ赤なジャケットに白いズボンを身に纏った日の丸選手団の一名一名が、矜持に満ちた表情をうかべております。選手団長・橋啓太、副団長・丸きみ子、旗手・坪田幸治朗、六反田、舟橋、京瀧、関、物腰、田中、木下、二木、境……そしてそして、今、頭にかぶっていた白いハットを、全員一斉に頭上に掲げました。そして胸にあてます。聖火点火後の選手宣誓をひかえます宮期原は、周囲の選手より表情が心なしか緊張しているようです。日の丸選手団の登場で場内は興奮の坩堝《るつぼ》と化しております。後ほど一斉に舞い上がらせる予定の風船をいち早く放してしまっている観客もおります。がんばれニッポン、まけるなニッポン、たたかえニッポン。日本オリンピック委員会は今大会の目標を金メダル八、銅五、入賞十としております。

10

「半世紀ぶりの首都東京開催、よろしくお願いします」
通訳のロバート〝ｈｅａｄｓ〟ハマダは、青年の言葉そのものだけではなくその口調もきちんとまねをして、国際オリンピック委員会会長に英語で伝達した。あさくうなずいた会長をみとめてから、青年は語をついだ。

「日本は今未曾有の国難に立たされているのです。僕たち日本には希望が必要なんです、会長」

会長は青年の眼球の核をとらえながら耳をかたむけている。

「前回大会、僕たち日本は戦後復興の真っ只中にありました。その象徴として、一九六四年に東京五輪を開催させていただきました。しかし、その戦後復興における高度経済成長によって、現在の僕たちは大きな痛手をうけております。戦後復興と震災復興はちがうのです。僕たち日本は一九六四年とはことなる東京五輪を今回開催して、はじめて震災復興にとりかかることができるのです。ぜひとも現在の日本の首都・東京に平和の象徴であるオリンピックを開催させてください。僕たち日本がやりのこしてきた二十世紀の未完成を、二十一世紀にやりとげなければ、やりとげなければ……はやくやりとげなければ」

青年は涙ぐみながらことばをつまらせた。

「……たしかにオリンピックの長い歴史の中で今まで複数回の開催をなしとげた都市は数例しかありません。しかし、だからこそ今回日本の首都・東京でオリンピックを開催する意義があるのです、今の日本をさしおいて世界平和など語れますでしょうか、会長？」

通訳の言葉をうけても、会長は首をたてにもよこにも振らず、青年の眼球の核をとらえつづけている。銅メダルとおなじ銅をもちいた眼鏡のつるをさわる以外、目立った動作はない。

「……日本には今希望が必要なんですッ！　ドリームが、会長、ドリームがッ！」

青年が英語をつかったことにたいしては、I　know、I　know、淡々とくり返した。
そして会長は一度視線をはずし、通訳と青年のもちいた語彙などを小声で確認した。青年の輝いた瞳にふたたび視線をもどしておもむろに口をひらいたのは、それから二分半後のことだった。あるいは、銀メダルとおなじ銀をもちいた会長のネクタイピンがうつっているために、青年の瞳は輝いているのかもしれない。

「私にもあなたのような若かりし時があったんだ」

国際オリンピック委員会会長は一呼吸おいて、通訳の日本語を待った。

「直情的かつ非論理的で、野蛮的だ。だがね。そのぶん情熱的なんだよ」

青年はセンキューと言って深々と和式に頭をさげた。

「一言で言おう。心をうたれた。私は地位を一つずつ積み上げていく中で、大切な何かを、一つずつ忘れてしまっていたようだ。サンキュー、ジッパニーゼボーイ。昔の自分を見るようだ。まぁ私は青い瞳をもつ〝青年〟だったがね」

そのように言ったあとで、国際オリンピック委員会会長は金メダルとおなじ金をかぶせた奥歯を見せてふはふと笑った。

「あなたは黒い瞳をもつ〝BOY〟だから、〝黒年〟だ」

会長は日本語で〝BOY〟を〝青年〟ということを知っていたようである。通訳のロバート〝heads〟ハマダは会長の言葉そのものだけではなくその笑い方もきちんとまねをしてふはふと笑い、青年も三人の中では一番大きくふはふと笑ってみせた。

「もちろん五輪は私一人で決めるものではない。委員は百六人いる」

会長は軽くにぎった拳の中の円筒空間を聖火台と見立て、そのてっぺんに火を点けるようにやさしい咳をしてみせた。

「しかし、委員はすべて平等ではない。わかるね？　そして私は会長だ。私がどの立候補地に投票する意思を示すかで、情勢はかわってくる。かわってくるんだ」

青年は粘液状の唾をまるごと呑みこんだ。

「私は開催地に東京を推すことにしたよ」

「センキュー！」

「ふはふ、まだまだ課題は山積しているぞ、ジッパニーゼボーイ！　戦い抜く自信はあるかね？　私と一緒に半世紀ぶりの東京開催を勝ちとるんだ、いいね？」

11

「だったら穴子天は？」

「ん？」

「あ・な・ご・て・ん」

「……あなごてん。いらない」

速く多く歩く動物――ウサギ・ハムスター・イヌ――は短命であり、遅く少なく歩く動物――カメ・ゾウ・ムラサキウニ――は長命である。

「今年の穴子は豊漁らしいよ。漁師のおいさんたちがテレビで言ってたよ」

「……うん」

わたしはいつからこのようになってしまったのだろうか。

「今年の穴子は味も美味しいらしいよ。寿司屋のおいさんたちがテレビで言ってたよ」

「……うん」

自分は生まれたときからこのような経過をたどる運命にあったのである。

「やっぱ穴子天は食べることにする?」

「……いやいい」

円谷幸吉のことをインターネットと本で知ることとなったきっかけについては、その時期をきちんと特定することができる。

聡司を妊娠していることが発覚した四年前のことである。

今までに経験したことのない、程度の強さというより種類の新しさを感じるだるさをおぼえて、最寄のドラッグストアにむかったのである。レジスターで妊娠検査薬の会計を済ませた足で、店内のトイレに閉じこもり、使用書の手順どおりに使用したその結果は〝+〟。念のため今度は二百円高い妊娠検査薬を購入してふたたび使用した結果も〝○〟。どうやら〝＋〟と〝○〟は同じ検査結果を意味しているようだった。トイレとドラッグストアの自動ドアそのものをでた足で、今度は、メルヘン世界のおかしの家然とした最寄の医院にむかった。ドラッグストアも医院も最寄を選んだのは、たんに手間の問題である。当時は歩数の節約のことなど考えてみたこともなかった。

「おめでとうございます」

すでに十万回以上言わされているような抑揚のない声で、その産婦人科医院の院長はわたしに妊娠を正式に伝えたのである。

「おめでとうございますッ！」

ないじつ、それはちょうど十万回目だったかのような記念碑的な調子の声をだしたのは、助産師の方だった。まだ助産婦と呼ばれていた時期かもしれない。

「こちらのお部屋に、お入りください」

もともと医師という職業にたいしては、細かいことは看護師や助産師まかせにする、このような印象をもっていた。診察結果のみを患者に伝えて、カルテを自動筆記する機械のような存在。わたしはこのときそのように合点したわけだが、それから約二ヵ月後、会社最寄の総合病院の担当医師に出会ったことで早合点を知ることとなる。

白髪のおかっぱ頭のその助産師は、エコー検査を終えて衣服をととのえていたわたしを、奥の部屋に招き入れた。そして籐の茎の柄をあしらってあるプラスチック製の簡易椅子に座ることをすすめる。

「十月十日《とつきとおか》は、ご存知、ですよね？」

一般常識的なところから助産師の妊娠から出産にかけての説明ははじまった。さらには産褥《さんじょく》期の悪露《おろ》などについての説明もあったような気がするが、はっきりとはおぼえていない。そこに至るまでの説明の中で、わたしの集中力はよそにもっていかれていたのである。

お産では、なにより、体のバランスが、重要になります。妊娠からお産にかけての、時期は、骨盤の靱帯、筋肉などがゆるむことで、とくに、身体のバランス、崩しやすいんです。もともと、骨格や関節に、歪み、既往症など、もっている妊婦のみなさんは、とくに、注意が必要、なんです。

そのような説明を受けたからといって、わたしは帰宅後すぐさま円谷幸吉について調査をはじめたわけではなかった。そこに至るまでには、高校時代の陸上部の顧問であった続橋先生の存在を思い起こすという段階がきちんとあった。

「おい、おまえだよ、そこの女子新入部員、止まれて」

四歳のときに患ったとのことである、わたしも又聞きの関節炎について、その産婦人科医院の助産師がおみごと言い当てていたわけではない。あくまで、妊娠から出産にさいしての情報をゆっくりと区切りながら懇切丁寧に教えることで評価を高めて、お産までここを選んでもらおうという、あの医師の営業マニュアルに従ったまでのことである、たぶん。これまでのわたしの人生において、関節の異常を見抜いていたのは、ただ一人、続橋先生だけである。

「はい？」

〝円谷フォーム〟

「すみません、もう一度おっしゃっていただけますか」

そのフォームの持ち主が半世紀ちかく前の陸上選手・円谷幸吉であることをインターネット上で知った同日の夕方、わたしは母校に電話をかけたのである。こちらの名前をたずねられたので、十年以上前の卒業生であることのみ伝えた。

「続橋先生です」

続橋先生にその真意を問いただしてみたかったのだ。

「つづきはし？」

応対した女性は、それが人名とも分かっていないような口ぶりだった。

「はい。続きに橋の橋です」この自分の言葉がまったく説明の体をなしていないことに、わたしは言ったあとになって気づいたのである。「コンテニュー・ブリッジ」

その着任二年目の教諭を自称した女性は、結局続橋先生が七年前に定年退職したことしか突き止められなかったようである。電話のそばにいた先生がたも、現在の続橋先生についてはほとんど何も知らないようすだった。

「分かりましたら、こちらからご連絡します」

その時点でなんとなく予測できたことでもあったが、今日に至るまで、母校から続橋先生の消息を伝える電話はない。本校の卒業生を名乗ったところで、安易に教員の個人情報を教えることのできない取りきめがあるいはあったのかもわからない。

あくまでわたしの憶測だが、続橋先生はあの高校のあたりのひとではなかったと思う。〝続橋〟という名字は目にも耳にもしたことはなかったし、第一、先生が普段口にしていた言葉やイントネーションの一切は、あのあたりの地域のものとはあきらかにことなっていた。どこの地域のものともつかない妙な口調の先生だったと、今さらながらに思う。

「だぁから、ゆっくらでええから、ちゃんと歩けて」

その母校に電話をかけた日の翌日の夜を第一回目として、わたしの夢の中にときどき続橋先生が登場するようになった。

「ほれ、右、左、右、左」

現在は、就寝中もＹＡＭＡＳＡの万歩計をコルセットのようにちゃんと腰に巻きつけるようにしている。

夫と聡司にはいろいろと迷惑をかけていると思う。家事のことはもちろん、娯楽や休息、そして、続橋先生が夢の中に登場するようになってからは、睡眠の時間をもしばしば邪魔しているのだろうことは容易に察することができる。二人がわたしに苦情を申しでたことはない。苦情を申してるのもためらうぐらい、就寝中よっぽど騒いでいたのかもしれない。それでも、誤解のないようにはっきりと一つ言っておきたいのは、夢の中にまで幸吉本人がでてきたことは、今まで一度たりともないということである。

わたしが幸吉と会うのは、夢からさめたあとのことである。

深夜二時半から早暁四時半にかけての時間帯がいっとう多いように思う。睡眠を終えて目をあけると、枕元に幸吉が立っているのである。肩で呼吸をしながら立っている。胸元におそらく縫い取りとなっている小さな日章旗のついた白いランニングシャツと、下にはややくすんだ白色の短パンを穿いている。庭園の芝生を思わせるきれいに刈りそろえてある角刈の頭と、その下の額には、雨を浴びたようなおびただしい量の汗がながれている。その汗をふくんで充血気味になっている瞳をこちらにむけて、正視しているのである。正確にはわずか二、三秒程度である。幸吉はレースの途中であり、わたしの横を通りすぎるときに一度すべての時間が止まり、身体ごとこちらに向き直るのである。ひとたび視線が合うや、ふたたび身体をゴールのある競技場の方角に向けて走りはじめるのである。

「がんばれー、円谷」

「あともうすこしだー、円谷」

「まけるなー、円谷」

幸吉が通りすぎて十五秒ほど経過すると、その沿道の単調な応援は、今度はわたしにむけた応援へとかわる。

「がんばれー、二木」

「あともうすこしだー、二木」

「まけるなー、二木」

高校時代とおなじ旧姓でわたしは応援されるのである。そしてわたしの脳裏にはグラウンドに居場所がなくてよくロードにでていた高校時代の陸上部の練習風景がふとよぎり、掛け布団をはねのけて起きあがるのである。そして右にすこしかしいで走って見える幸吉のうしろすがたを追って、走りだす。それは夢想ではなく、現実である。金色の虎と鷺の画のプリントがほどこしてある襖《ふすま》を、わたしはそのまま突き破った。

「大丈夫か?」

「ママどうしたの?」

聡司まで起きたのである。

「……血ぃでてる」

携帯電話のアラーム機能をつかうためいつも耳元において眠る夫の反射的措置により、救急車が駆けつけ、わたしはストレッチャーに乗せられて病院に搬送されたのである。記憶が欠落している箇所もあるのだが、搬送手段が救急車だったことと、搬送された病院が会社最寄のあの総合病院とは違う病院だったことは、はっきりとおぼえている。それ以外のことについては、夫にきいてもはっきりとは答えてくれない。「まぁ」「その」「んと」を多用する。病院における治療費と襖の修繕にかかった費用についても答えてくれず、ただ黙って、わたしの話に耳を傾けるようになった。夫にとっては一つの転換点となる大きな出来事だったようである。

「かきあげも穴子天もいらないのか……」

「うん」

妊娠中より訴えていたわたしの自覚症状に、夫はようやく耳を貸すこととなったのである。

「弱ったな、四つずつ買ってきたんだ」

「ごめんなさい、食欲なくて」

自分だけの手には負えないと考えたのだろう。自分の両親とわたしの母親にも、夫はその出来事を話したのである。

「足の大流血はもう大丈夫なの?」

「……うん」

夫自身も寝ぼけまなこの中目撃した光景だったので、事実はやや脚色されているふしがある。

「走ったり歩いたりするだけでどうとか、そんなことはないんじゃない」

母親が電話でわたしにかけたことばも、あの総合病院の医師と似たようなことばだった。

「気にしない方がいいわよ」

できることなら、わたしもそういったことばで気を休めたかった。あの医師があのとき、医師としてはいささか馴れ馴れしい言葉遣いでわたしの質問にこたえたのも、わざとわたし以上の奇人を演じて、わたしを安心させたかったのかもしれない。

「んま、気にしない方がいいと思うけどね」

おそらくあの医師もわたしのことをウツだときめこんでいたのだろう。

「肩の凝りとかめまいとかも、なかったんだよね？」

それでも母親と医師のことばをきいたのちも、幸吉はわたしの枕元に現れていたのである。

毎日ではなく隔日か三日に一度程度であることが、逆にわたしの恐怖心をあおった。現在は深夜二時半から早暁四時半の時間帯をさけて、日中にまとまった睡眠をとることもある。夜に睡眠をとるときは、歩数同様、細心の注意をはらう。襖を突き破ったあの出来事――誇張なく正確に言うと、敷居から下桟をはずして一部破損させた出来事をわたしは経験したことで、金輪際幸吉を追って走らないことにした。そのように決心して、夢から目覚めたあとも、掛け布団の上端をにぎりしめてじっとしている。それでも自分を応援する沿道の声は一向に止むけはいを見せない。体感時間・二分ほどが経過すると、追走者のすがたがむこうからあらわれる。幸吉のフォームによく似た、肌の白い一人の女性である。

「がんばれー、二木」

それは言わずもがなわたしである。

「負けるなー、二木」

幸吉とおなじく、小さな日章旗を胸元につけたランニングを着て走っているのである。補給所で水分をとる動きにも無駄はない。時計を一瞥する。レースは三十五キロ地点をすぎて終盤にさしかかっているようである。

「ちゃんと精つけてもらわないと」

「精？」

「そう精。スタミナ。手打ち風のうどんにのせる物、いろいろ買ってきたんだから」

さっきから、うどんが〝手打ち風〟であることをやたら強調してくる。

「……スタミナなんかつけたくないのよ」

「……すまん」必要以上にその失言を重く受けとめたようだった。

「大丈夫、気にしないで」

「……これからは〝精〟も〝スタミナ〟も言わないようにするから」

ウツの一種ときめこんで〝がんばれ〟系の言葉を言わないようにつとめているようだった。

「言ってもいいのよ」

「……すまん」

「いいんだから」

「……すまん」

「わ、わ」ふとした拍子に、夫のいるキッチンから自分の腰の万歩計に視線をうつしただけのことだった。会話も尻切れになりつつあったので、確認しようと思っただけのことだった。

「わ、わわわ、わたし」

「ん？」

「今歩いてた？」

〝66〟

「なにが？」

「一歩、無駄な動きしてた？」

「イッポ？」

「……そう」

「……あぁ」

二人の沈黙を壁のように見立ててボールをぶつける、聡司の「にひゃひゃ」という本心の笑い声が室内にひびきわたる。

「……してないと思うよ」

いつ一歩を無駄にしたのだろう？　座布団の上にずっと座っていたはずだ。もしかすると、拍動の一拍がふとしたはずみに一歩と換算されたのだろうか？

「……歩数計って、けっこうテキトーみたいだから」

誤計測の可能性を指摘する夫の方角から、一人でボール遊びをしている聡司の方角に首を戻した。

「聡司」

「んなに？」

「今ママ、かってに一歩あるいてた？」

オフホワイトの壁面からはね返ってきたボールをとったまま、次の一投がない。

「……わかんない」

聡司も今ではこの夫とおなじように、わたしの症状を悪化させないようにつとめているのだろう。

「おとなしくして、お菓子でも食べてなさい」

「うん」

聡司は模造真珠をはめこんである木製の菓子入れを玉手箱のように開けた。

「ない」

「何が？」

「おかし」

「あなた」

あるいは、只今の一歩は下半身が上体の動作にもっていかれて刻まれた一歩だったのかもわからない。わたしは両掌を膝の上に釘よろしく打ちつけて、胴体もできるだけ動かさないようにした。そして首だけをふたたびキッチンの方角に向ける。

「菓子は買って来てないの？」

「カシ？　歌の？　なんで？　歌詞だけ売ってんの？　どこで？　セブン？」

「ちがうわよ、お菓子の菓子」

日頃から首だけ動かすように訓練しているせいなのか、最近、両肩甲骨のあいだから頸椎にかけて鈍痛を感じることがままある。おそらく一時的な筋肉のこわばりだと思うので、湿布を貼る以外に大した処置はしていない。幸吉がそのあたりを思っていたという情報はない。

「フルーツはある」

菓子の有無をきいているのに、菓子を歌詞だと勘ちがいされたり、フルーツのことを切りだされたぐらいでは、わたしは苛つくことはない。

「何ある？」

「バナナと柿がある」

「……柿。柿はいらない」

わたしが無駄な歩数をかさねたくないことは重々わかっているので、夫がバナナを右手の指にひっかけて持ってくる。エクアドル産のこぶりなバナナである。反対の左手には三つ巴文様の布巾をもっている。この座卓を拭くのかもしれない。しかし夫はバナナだけ座卓上において、ふたたびキッチンの前に立った。鍋をもちあげる鍋つかみとしてその布巾を使う。そしてプラスチックの笊《ざる》にうどんをあける。釜揚げではなく盛で食べるようだ。水道水はだしたまま、食器棚・キッチン・シンクの三角空間をせわしく動く。もちろん、わたしの目には水の浪費より、歩数の浪費のほうが重くうつっている。

「ほんとにこのまんまでいいの？　素うどんだぜ」

「いい」

「わさびや海苔はあるけど」わたしにたいしても語尾の一音だけ切り離して発音した。「さ」

もちろん、そんなことぐらいでわたしが苛つくことはない。

「わさびと海苔があればそれで」

「ほんとに？」

〝首肯〟という語のとおり、ほかの部位を動かさず首だけであさく肯いてみる。

「それで」

「あ、そうだそうだ」と甲高い声をだして、夫はふたたび食器棚から冷蔵庫の前に移動した。

「とろろがあったんだ」

「とろろッ！」

「えッ、どうしたの？　とろろ、そんなに好きだったっけ？」

「とろろは絶対いらないッ！」

「……なんで？」

今までに一度も言ったことはなかったろうか。

「三日とろろは絶対にいらないぃッ！」

「三日とろろ？　何だそれ」

12

右足をもちあげ、左手を前にだす。そして右足を地面におろし、今度は左足をもちあげる。左手をうしろに引き、右手を前にだす。

これが歩くということである。

つねに体の中心軸を意識しながら歩く。体の中心軸はたんに真っ直ぐであればいいわけではなく、背骨はゆるやかなS字、骨盤はやや前傾をとる。丹田のあたりに意識を集めればおのずと出来るはずである。足をもちあげる際も足だけを動かすのではなく、骨盤から動かすイメージをもつと良い。着地は踵からおこない、足裏全体に体重をのせ、最後につまさきから地面を離れるようにする。

できるだけ平たい地面の上で、丁寧に歩き、自分の生得的なフォームを知ることが肝要である。自分に合わないフォームのまま坂道や砂利道ばかりを歩いていては、十分な力を発揮することができない。人間は四足から二足歩行に進化をとげた動物である。翻って言えば、二足で歩かざるをえない動物でもある。歩くことをきちんと見つめ直すことで、走ることにも良い影響をあたえることができるのである。

13

上空では、何体もの大小さまざまな雲が陸上部とともに歩く練習をしていた。

自分のフォームをきちんと確認しながら歩を重ねている。右、左、右、左。比較的ゆるやかな尾根づたいに、一歩一歩、踏みしめるようにすすんでいく。そのフォームは一体一体ことなるものの、進行方向はどれも同じだった。南南西の風。てんでばらばらに奇をてらい歩を重ねているわけではない。皆できるだけ同じフォームで同じ方角にむけて歩くことをこころがけているように見えた、それでもフォームには違いが生まれる。一歩二歩三歩。それが百歩以上にもなれば、自分自身でも自覚することのできる歴然とした差が生じることとなる。心がけだけではどうにもならず、自分のフォームを真摯に受けとめる以外方法はないのである。

14

上空では、何体もの大小さまざまな雲が陸上部とともに歩く練習をしていた。

「だぁから、ゆっくらでええから、ちゃんと歩けて」

続橋先生は訓戒を垂れるときだけ、共通語になる人だった。

「ほれ、右、左、右、左」

もしかしたら続橋先生は誰かから教えられた訓戒を受け売りしているだけなのかもしれない。

「おい新入部員、歩けて」

今日は歩くフォームだけでなく、この上空に群がる雲についてまで、続橋先生は何かの含みをもたせるように話していた。

「おい新入部員、何を止まっているんだ」

わたしは自分のことを言われているとはつゆ気づかず、そのまま立ちつくしていた。

「おい、おまえだよ、そこの女子新入部員、歩けて」

「………」

「何故歩かない？」

その問いにたいする答えとして、わたしは先生の目を見て歩きたくないことをはっきりと言った。

「それじゃ答えになっちゃらんだろうが」そしてわたしの肩に遠いほうの手を置いた。「二木」

「えッ⁉ なんでわたしの名前知ってんですか？」

「なんがだ？」

「今日が初練習なのに、なんでわたしの名前知ってるんですか？」

「んなことはええから、おまえ」先生はここで上下の乾鮭色の唇を舌で舐めながら視線をわたしの顔から足に落とした。「ずっとそのフォームか？」

「……フォーム？」

「ほれ、もっぺん歩いてみろ」

「……嫌です」

「嫌ですじゃないだろうが。早く歩けて」

わたしはもう一度嫌ですと小声で言いながら、仕方なく歩きはじめた。〝67〟、〝68〟、〝69〟、〝70〟、〝71〟、〝72〟……

「おい」

わたしは首だけで肯く。

「おまえずっとそのフォームか？」

「……ええ」

先生はその返答を予測していたかのように、右の口角にあらかじめ笑みを蓄えて、わたしの視線を待ちかまえていた。

「そんなおまえに」

「はい？」

「とっておきのフォームがあるんだ」

わたしは右手をはげしく振った。

「いいです、いいです」

「まだ何も言っとらんだろうが。今日はおまえだけに特別に教えてやっから」

わたしはふたたび手を振って固辞した。

「ほれ、手ぇばっか振っとらんと、足動かせ。右、左、右、左」

「ほんとにいいですって」

「なんだその言葉づかいは？　ほれ、もっと早く歩けて」

固辞したところで状勢は変わりそうにないように思われた。

「ほれ、そんままちょびっと走ってみろ。力ぬいて、空中に体泳がせるように走ってみろ」

わたしは仕方なく先生のことばのとおりに体を動かしてみることにした。

「ほれ、身体ゆがんでるべ。それをそんまま受け入れて、顎と腕でバランスとる」

「……はい」

「ほれ、ちゃんと走れ。もっとスピード上げてみろ」

「……はい」

「ほれ、もっと、もっと」

「……はい」

「だぁから、もっとスピード上げろて」

「……はい」

「ほれ、もっとスピード上げろてッ！」

「……は」

「もっとスピード上げろッ！　うしろから来てるぞッ！」

続橋先生は並走していた沿道から今日一番の大声を最後にはっして、自分を送りだした。

「ぃいッ？」

要塞のように厚みのある外壁をもつ建物のゲートをくぐり抜けると、場内を埋めつくす七万人超の観衆が自分を待ち受けていた。拍手と歓声。鼓膜ばかりでなく心臓をも震わせる地響きのような音だった。拳を突き上げる者、手でメガホンをつくっている者、中には観客席の鉄柵をよじのぼろうとするかに見える者もいた。家族や友人、自衛隊や会社の人事部の関係者の姿まで見える。残り三百メートル。汗が止まらない。手でいくら拭き取ってもすぐに視界が濁る。補給所でとった水分以上の量の汗がでている気がする。はやく、はやく。自分でもわかっているのに、歯を食いしばったところで、足が言うとおりに動いてくれない。上半身だけがさらに前かがみになり、下半身がついていかない。そして拍手や歓声といった音とは種類のことなる乾いた音が、後方から一歩ずつ自分の耳に迫ってくる。二十メートル、十メートル。何者かが後方からちかづきつつある。五メートル手前ほどで一度距離を保っているようだ。そして一気に速度を上げて自分を追い抜こうとする。四メートル、三メートル、二メートル、一メートル。とうとう横にならんだ。自分の下半身のほうははやくも運命と割り切って、いさぎよく後塵を拝しようとする。関節におぼえていた違和感がとうとう痛みとなり、その口を大きくひろげて、自分の全身を呑みこもうとする。その下半身の痛みから逃れようと、上半身だけがこれまで以上に前かがみとなる。自分は前かがみになる首だけを横にむけて、そのすがたを視認した。自分とおなじ日章旗入りのランニングを着ている女。背にかかるほど長い髪を右後ろで一つに束ねている女。頤《あご》と首のあいだの死角に淡い黒子《ほくろ》を三つもつ女。肌の白い女。右にすこし傾いて走るフォームの女。

西暦二〇一一

1

東天の一点には金色の太陽が鎮座していた。収穫をおえているようすの村落の陸稲のちょうど頭上にあり、来年度の豊作をはやくも予告しているようでもある。これまでの自分の人生において、もっともあかるく輝いてうつる太陽かもしれない。ここまで存在感のある太陽を見た記憶はない。慈悲深い掌のようなこの光で村落全体をつつみこむ東天とくらべると、南天・西天・北天には何もないと言っていい。数個の青白い雲が漂っているのみである。あるいは隻と数えるべきかもしれない、その中型の船をほうふつとさせる雲たちも、恩恵をうけようと東天をめざしているようにうつる。金色の太陽とはこの土地においてまさしく神のように存在してきたのだろう。紀元の前も後もこの村落は金色の太陽の恩恵にあずかってきたはずである。東天の一点に鎮座しているからこそ、長い夜の終わりと、希望に満ちた日中のはじまりを、村人たちは知ることができるのである。あるいは金色の太陽とは村落につうじる唯一の電気なのかもしれない。

そして僕はようやくここで理解したのである。

「るぅぶっかっぶっか」

東天の一点に太陽があるからこそ、村人たちは東方の日本にも良いイメージをもってきたのだと。

「るぅぶっかっぶっか」

今年の収穫はどうやら豊作だったようである。民家のあいだの小路の路肩には、約二〇〇本をひとくくりにしてまとめてあるイネの茎の束が並べてある。茎の束はおなじ一本の茎を紐とし、上部は一つにくくりつけた頭、下部は三叉の脚としてある。

「るぅぶっかっぶっか」

その土偶のようにうつる茎の束のかげから、土偶のように低い重心の一羽のニワトリがあらわれていた。

「るぅぶっかっぶっか」

イネの茎の束の合間の路肩に天日干ししてある、アワとヒエをついばむ。ゆったりとした速度である。この村落の秒針とはその嘴《くちばし》であるかのように、村落全体の時間同様ゆったりとついばむ。一羽のニワトリにつづいて二羽三羽四羽とアヒルがでてきて、アワとヒエをついばむ。五羽目は、正確には五匹目となる鋼色のイヌだった。凝視するこちらを相手にしない。ヒトも動物と悟達しているような様子だった。

「るぅぶっかっぶっか」

やはりニワトリの鳴き声としてはやや違和感がある。

「るぅぶっかっぶっか」

僕の目にはこの村こそ蓬莱のようにうつりはじめていた。

「るぅぶっかっぶっか」

村落の至るところには、石造りの古めかしい民家が建っている。太陽の金色の光とまじわって木造であるかのようにうつる家々である。民家と民家のあいだには、寒天色の風がおだやかにただよっている。風量・風温ともちょうどいい。ときどき肌をやさしく撫でる砂がまじっている。大八車と荷車がおいてある家々の扉の前には、数軒に一個の割合で盛り土が築いてあった。これが日常なのだろうか。丘陵然とした大きさのものまであるその盛り土のてっぺんには、黄・ピンク・緑の旗が立ててあった。

夏には夏の良さがあるのだろうし、冬には冬の良さがあるのだろうけれど、この村落においては今がもっとも土地の情緒を引きだしているように思う。九月末日。僕の時計の針は午前九時四十五分をあと数秒でさすところだった。

「るぅぶっかっぶっか」

ひょっとすると、この鳴き声は村の訛りなのかもしれない。

「るぅぶっかっぶっか」

ときちゃんの訛りももとはここの訛りだったのかもしれない。

「憩いの場のような広場がきっとあるはずや」

僕はタクシーを待たせていることを思い出し、この場をあとにした。動物たちが依然アワとヒエをついばんでいる小路の突き当たりには、一宇の廟があった。入口上部のレンガにはこの村をつくった初代村長の名前が打刻してある。中には大きな香炉と本堂と小屋があり、その管理人室とおぼしき小屋からはラジオかテレビの音が漏れていた。ニュース番組のアナウンサーのような角張った声である。僕はこの村落に電気がきちんと通じていることを意外に思った。

「その広場で集まりをしたんやろうなぁ、最後のな」

入口の前には、トーテムポールのような鉄棒と雲梯のセットをしつらえてある間延びした空間がひろがっていた。

「ええ加減な呪文でも唱えてたんとちがうか?」

僕はこの場に立ちつくして目を閉じた。

僕の目の前を多くの事物がすさまじい速度で通りすぎていったような気がした。ものの三十秒としない時間だったが、僕は西暦の極地に一人とりのこされたような気分におちいった。僕一人をおいて周囲の事物が一切合財盗まれた感覚に近かったが、周囲の事物たちが自発的に動きだしているともとれる感覚だった。小屋から漏れでていたテレビかラジオの音も遠のき、まったく何もきこえない状態がつづいた。しばらくすると、どこからともなく男性の言葉が耳に迫ってくる。抑揚をいささか欠いた声で、何度も何度も繰り返している。

そして目をひらくと、目の前には山羊ひげをはやした一人の中年男性が立っていた。緑色の深衣を身にまとっている。男性が地べたに額ずき、言葉の声量を一段上げると、聴衆となるその村のこどもたちの姿が現れた。後方にはこどもたちの保護者があつまっている。泣いている者はおらず、憂色をうかべている者もいない。目を細めて眩しそうにしている者は数名いた。

東天の一点には依然金色の太陽が鎮座していた。

2

「海にましますー大神よーへいへいちんちんに毛はえてーよーの神よーちんちんぶらぶらーあー海にましますましますー大神よー大神よー」

村長は額ずいていた頭をあげて、立ちあがった。

「蓬萊は東方にあります」

そしてすでに幾度となくおこなってきた説明を、この場であらためておこなった。

「不老不死の薬を手に入れることができれば、皇帝の恩恵をうけて、村はますます発展することになるでしょう。こどもたちに東方の経験をつませておくことも良いことです。この村以外にも多くのこども、技術者も同行しますのでご安心を。あわよくば、皆さんに薬をお裾分けできるかもわかりません」

幾度となくおこなってきた説明ではあったけれど、村人が一堂に会して耳にするのはこれがはじめてだった。こどもたちの首の軟玉のペンダントは縦にゆれて、保護者たちの首もエサをついばむ鳥類然としている。村長にさからう者はいないようだった。

「皆さんも、東の方角には、良いイメージしかないでしょう?」

村長自身が一番〝東〟を信仰しているかのような口ぶりである。

「ではそろそろまいりましょうか」

ほかの地域からあつまるこどもたちと皇帝も加えた大規模な壮行会は、出航の海岸で催すということである。

「一号車はキミからキミまで。二号車はキミから」

整列するこどもたちを手で裁断して区切っていく。

「三、四、五」

金粉をちりばめた赤い綿をたてがみにかぶせてある馬車だった。この馬車はもちろん、船、海を見ること自体、こどもたちにははじめての経験だった。海とは巨大な川であるという説明を事前に受けている。上から下へ流れはきまっているので、蓬莱にはちゃんと着くことができるとのことだった。

3

「それとも、馬車とはちごたかもしれんよ」

「じゃあ何？」

「……牛車」

「牛車……なんかしっくりこないなぁ、ときちゃん」

「ほうかぁ？」

「僕は馬ってほうがしっくりくる気する」

「まぁ馬か牛かなんて、どうでもええことや」

「なんだそれ。自分から言い出しといて」

「問題は村を出てしもたことや」

この昔話をするとき、ときちゃんは声を低めることがあった。ときどき大きなため息をつき、視線を窓のそとにうつす。窓のそとには黒ずんだ海があった。

……問題は村を出てしもたこと。

目を閉じて、呼吸をととのえてから、あらためて目を開くと、この森はこの世にできた巨大な抜け穴としてうつる。けわしい山肌に暗色の木々を生いしげらすこの空間だけが、ぽっかり、この世界のほつれ目のように空いているのである。太陽はどこに消えてしまったのだろうか。あるいはこの抜け穴こそ黒色の太陽なのかもしれない。どこかとどこかを行き来できるこの抜け穴のような森をすすんだ先には、おそらく現実世界とべつのもうひとつの世界がひろがっているのだろう。この森が霊験あらたかな存在としてではなく、本当のただの抜け穴に見える僕の目には、山々の上空を飛びかう黒い鳥も、不吉にうつることはない。鳥そのものが一つの嘴となり、張り詰めたこの現実世界をつついて小粒の通気孔をこしらえる。

本当にすすんでいるのか時間と距離がループしているような感覚におちいるトンネルをぬけると、右と左のコントラストができあがっていた。左手の蒼い海と、依然右手をおおいつくす山々の森。そのあいだの平地をさがしながら、列車は蛇のように這ってすすんでいた。途中プラットホーム全体が傾いている駅もある。

「六時につく電車だから」

「わかった」

前もって伝えておけば、ときちゃんは最寄駅まで迎えにきてくれる。

「六時につく汽車やな」

その、ときちゃんの家の最寄の駅名が車内に木霊していた。

「ハダス、次、ハダス」

車内アナウンスに耳をすませて、約三時間ぶりに腰をあげて下車すると、車掌も一緒に下車をする。〝波田須〟という看板の前で車掌に切符をわたし、僕はあたりを見まわした。タァンタァン。音のする方角では、ときちゃんが地面のアスファルトをステッキで突いていた。

「やあ」

「おう」

「やあ」

「おう」

〝やあ〟と〝おう〟以外のことばを言った方が負けという克己的な表情をとったまま、右手の拳をかるく打ちあわせた。指をひらいて拳を解き、砕け散ったような仕草をとる。

「タロちゃん、大《おお》きょーなったな」

「……そうかな」

大人がこどもに言う社交辞令のようなことばだったが、中学生になった僕には皮肉にしかきこえなかった。

「まわりはどんどん大きくなってるけど」

地面が土のときはヌァンヌァンにかわるそのステッキの音にあわせて、僕たちは歩きはじめた。ときちゃんの左足の歩幅は右足の五分の三ほどである。生まれつきと老化。僕の頭にはそのどちらかしか思いつかなかった。

「アレもってきてくれたか？」

「もちろん」

「はよ家いってやろやぁ」

「うん」

僕がはじめてときちゃんと会ったのもこの駅だった。小学二年の夏だったことをおぼえている。あるいはそれ以前に会っていたのかもしれないが、記憶にはない。ハダスって駅で降りたら杖ついた人いるから、とだけ母親は告げたのだった。

ときちゃんの家は、螺旋状につづく坂道の途上の集落の中にあった。集落には段々畑や棚田、干上がった水路、こぢんまりとした敷地の神社もある。神木となる楠は広大であり、緑陰はときちゃんの家の切妻屋根まで落ちていた。

「はよ上がられ」

緑陰により柿色にうつる郵便受けには、朝日新聞の朝刊がまだ入っていた。

「うん」

家の中はいわゆる〝祖父母の家〟のステレオタイプどおりの古めかしい建具・家具であふれていたものの、ところどころに、最先端の技術の片鱗が見える。三段式冷蔵庫、液晶フラットテレビ、全自動洗濯機。すべて東芝製だ。

「これ母さんからお土産」

「なんやなんや土産か」いな、言いきらぬ間に赤福のピンク色の包みを破り裂いた。「同じ県の菓子やないか」

両親は二人とも朝日町内にある東芝の工場に社員として勤めていた。自宅でごろごろしていることも多いのだが、結局毎回僕一人で行くこととなる。

「タロちゃんはどうや?」

ときちゃんは付属のへらをつかって、早速赤福を食べていた。

「メシはええんやろか?」

「駅弁食べたからいいや」毎回この土地では使いきれない額の小遣いをもらっているのだ。

「松阪牛弁当」

「クソ生意気なガキやのぅ」

仏間でもある居間の西側には質素な造りの仏壇がおいてあった。白黒の遺影は仏壇内部にはなく、障子戸の鴨居に並べてある。

「全部いったろうかな」

僕が生まれる前に亡くなっている祖母の遺影もふくめて、全員顔が似て見えていた。

「同じ県なんやで、こっちでも売ってくれやんかな」

ときちゃんの顔もその例にもれていなかった。たとえるなら高倉健を五、六発殴ったような顔であり、本人にもその自覚があるのか、髪型は襟足を刈り上げた高倉健風だった。

「ときちゃん、僕にかまわず夕飯食べていいよ」

「コメ炊いたぁるんや。あと十五ちょいや」

最新の東芝製の炊飯ジャーは音も湯気もあまり立てない。

「おかずは？」

「オカズ……あぁおかず」ときどき僕とアクセントが合わないことがある。「アジや」

「釣ったアジ？」

付属のへらをもったまま手を横にふった。

「買ったったアジ」冷蔵庫の中段からわざわざ取り出した。「銭出して買うたるんは、脂ようけ乗ったあるんがええ」

その透明色のパックの値札には、このアジの鮮血をつかって書いたような〝398円〟の赤い文字と、〝千葉県産〟という産地表示が入っていた。

「そうなんだ」

「ほーなんや」

「へえ」

「やな」

「へえ」

「やな」

「そうなんだ」

「ほーなんや」

到着した日の晩は、それでもまだ会話のあるほうだと思う。

滞在中のほかの日となると、ほとんど会話はないのである。毎朝岩場のような浜に下りて釣りをする。巨大な森の陰の下で僕は昼寝をし、ときちゃんの方は延々麦茶と煙草を口にする。夜になりはじめての会話をする日もある。

「ほれ、アレやろうや」

僕は持参のドラムバッグからプレイステーションをとりだした。

「細《ほっそ》いん、オレが入れたるで」

〝実況パワフルプロ野球〟のディスクのことである。

「今日は中村ノリあかんなぁ」

「代打いこうか?」

対戦式のゲームなのだが、釣りのときと同じように、ときちゃんの方は延々麦茶と煙草を口にしている。

「ナカネいったろか?」

「了解」

対戦相手のコンピュータはピッチングもバッティングもワンパターンなので、数試合もすれば飽きる。

「これで四連勝やな」

液晶テレビから視線をはずした僕の尻の穴に、ステッキを悪用してつっこんでくる。

「これ使《つこ》て、チャンバラやるかぁ?」

僕が丁重に〝チャンバラ〟をことわると、べつの物事を提案してくる。

「ほんなら昔話でもしたろか?」

昔話とはパワプロのお返しのようなものだったのかもしれない。

「むかーしむかし」

それでもときちゃんが話す昔話は、バリエーションがすくなかった。桃太郎、金太郎、ものくさ太郎。

「あるところに、浦島太郎という男がありました、ありました」

僕の名前の〝太郎〟がつく昔話同様、共通語になるのも北勢地区にすむ僕に合わせてくれていたのかもしれない。

「……ときちゃん」

それでも〝おりました〟を生物・無生物関係ない〝ありました〟と言うあたり、ときどき地の言葉がでていた。

「……浦島太郎はさすがにいいや、もう中学だし」

僕は桃も金もものくさも勘弁してほしいと正直に告げた。

「中学？」

ときちゃんが引っ掛かったのは僕の学年についてだった。

「ちんちんに毛ぇ生えたか？」

僕は黙ってうなずいた。

「ほんならもう大人やな」

新しい昔話をはじめたのは、このあとのことだった。あるいはこの地区では有名な昔話なのかもしれない。「むかーしむかし」のあとにつづく言葉が「あるところに」ではなかった。

「むかーしむかし、二二〇〇年前の中国に、皇帝がありました、ありました。中国をはじめて一つにまとめた皇帝だったので、始皇帝と言いました、言いました。皇帝には夢がありました、ありました。フローフシの夢です。その皇帝の夢をかなえるため、あらわれたのが、ジョフクさんでした。ジョフクさんは、フローフシの薬はホーライいう楽園にあると言いました。そして、数千のこどもと技術者といっしょに、とりにいくと言いました。始皇帝は大喜びをして、東の海におくりだしたのです。今から二二〇〇年もむかーしむかしのことです」

4

二階建ての楼閣がしつらえてある中型の船だった。楼閣は全体の三分の一ほどの面積をもち、船内やや後方、緊急時用の小舟を積んであるそのうしろに位置している。船全体には丁寧に桐油が塗りこんであり、表面は褐色をおびている。楼閣一階の舷《ふなばた》ともなっている一室にいる三十余名のこどもたちの鼻にまで、その桐油の鋭いにおいは届いていた。一階にはほかに食料・飲料の倉庫。二階部分には吹き抜け構造の物見やぐらがある。屋根の上にはマストが立ち、〝第八十二号〟の四角い帆がはためいている。この船そのもの目当てに盗みを働かれてもおかしくないような豪勢かつ精緻な造りとなっていた。

「なぁなぁ」

僕は突然肩を揉まれた。

「……なに？」

振り向くと、後ろの席には目鼻立ちのしっかりした少年が座っていた。首の軟玉をはずしている。

「酔うてこやん？　このにおい」

僕たちはその軟玉に刻印してある番号に応じて、船と座席を指定されていた。〝一五〇〇〟までが女性で、〝三〇〇〇〟までが男性。ちなみに僕は〝二九九九〟だった。

「船内は私語厳禁だよ」

「真面目くさったあるな。技術者の言うことなんええで」

「でもあのひとたち徐福さんの指示うけてんだから」

「その徐福さんも何考えたぁるかよーわからん」

「……はい？」

〝三〇〇〇〟という全体の最終番号に立つ自負があるのか、彼はこの渡航そのものを俯瞰するような口調でまくし立てた。

「五日で着く言うとったのに、もう一週間やで」声量が上がるにつれて、周囲のこどもたちの視線が集まる。「ほんま東に蓬萊なん楽園あるんかいな……」

突然褐色の扉があいた。

「乗船中は静かにしてください」

食事担当の技術者だった。僕たちは全員席にちゃんとついているのにいつもきまり文句のように言う。

「席にちゃんとついてください」

夕食の時間のようである。アワと脂身。朝・昼と同じメニューだけれど微妙に割合がかえてある。僕たちを座らせたまま、各自の円卓におく。円卓の形状は櫂を外に通す穴と同じだった。櫂の太さそのものは二回りほど小さい。その隙間から海が覗けていた。

「おい」

技術者が去ったあとで言った。

「なんだよ」

もっと声を小さくしてほしいと言ったら、「すまん」と潔く謝った。そういう教育をうけていないヤツだと僕は思っていた。

「こんな油メシばっか食うてたら肥るわ。よー食わん」

「……よーくわん？　ところで、キミ訛ってるね」

「ほーかぁ？」

僕は出身をたずねた。

「徐福さんとおんなじ村やで」

「へえ」

彼は食事を口の中にかっこんで、残り四分の一ほどを櫂の隙間の穴から外の海に捨てた。

「あんひとは若い時に村出て、都会で名ぁあげたんや」

僕も彼の真似をして飼料のような夕食を外に捨てた。

「あんたも今度あそびきたらええ」

「うん」

「でも不老不死の薬とってちゃんと村に帰れるんかな……」

船は潮の流れにそって海を東に東にゆっくりとすすんでいるとのことだった。今日でちょうど七日目。櫂の隙間の穴から目にうつるのは、海とも判断のつかない暗闇だけだった。

5

本当にすすんでいるのか時間と距離がループしているような感覚におちいるトンネルをぬけると、右と左のコントラストができあがっていた。左手の蒼い海と、依然右手をおおいつくす山々の森。そのあいだの平地をさがしながら、列車は蛇のように這ってすすんでいた。途中プラットホーム全体が傾いている駅もある。

「六時につく電車だから」

「わかった」

前もって伝えておけば、ときちゃんは最寄駅まで迎えにきてくれる。

「六時につく汽車やな」

その、ときちゃんの家の最寄の駅名が車内に木霊していた。

「ハダス、次、ハダス」

車内アナウンスに耳をすませて、約三時間ぶりに腰をあげて下車すると、車掌も一緒に下車をする。〝波田須〟という看板の前で車掌に切符をわたし、僕はあたりを見まわした。タァンタァン。音のする方角では、ときちゃんが地面のアスファルトをステッキで突いていた。

「やあ」

「おう」

「やあ」

「おう」

〝やあ〟と〝おう〟以外のことばを言った方が負けという克己的な表情をとったまま、右手の拳をかるく打ちあわせた。指をひらいて拳を解き、砕け散ったような仕草をとる。

「タロちゃん、大きょーなったな」

「……そうかな」

大人がこどもに言う社交辞令のようなことばだったが、僕はようやくそのことば通りの成長をはじめていた。

「毎日牛乳一リットル飲まされてるから」

具体的に誰に飲まされているのかきくので、僕は部活の監督とこたえた。

「僕高校で野球部に入ったんだ」

「こーこー?」アクセントを置きなおして〝高校〟であることを理解する。「ちんちん、皮むけたか?」

成長の指標はつねに〝ちんちん〟のようである。

「ほんならもう大人やな」

夕食はいつものとおり車内で駅弁を食べてきていた。〝松阪牛弁当〟。それだけでは足りなかったので、車両切り離しのときに〝ミックスサンド〟を購入した。鉄色のハム、鈍色《にびいろ》のトマト、煤色《すすいろ》の玉子、マヨネーズまみれのツナ。それでもトータルの味はそれほど悪くなかった。

風呂には午前中の練習のあとに入っていたので、僕はそのまま就寝することにした。

「おいおい」

寝室と夢の中のどちらに突然あらわれたのか、区別がついていなかった。

「……なに?」

襖の隙間から居間の光が拳のようにのびてきている。

「アレもってきてくれたんか?」

僕は手で目をガードしながら、〝アレ〟について思い出そうとする。ほれ、野球の、と語をついできたことで、僕の脳裏にはバットをもつ二頭身のキャラクターの姿がうかんだ。

「一晩だけなんやで、やろやぁ」

もってきてないことを告げると、ときちゃんは潔く居間にひきかえし、そして二十秒もたたずにもどってきた。

「麦茶あるで」

はい?

「脂ののったぁるアジも買うたぁるんや」

夕食も列車の中ですませたと言ったはずである。

「ときちゃん」

「僕寝てるんだ」

僕はわざと視線をぶつけた。

見ればわかるといった表情をうかべている。

「本物の野球今やってて、練習あったんだ」

僕はすこし説明の必要性を感じた。

「三時間電車に乗って疲れマックスなんだ」

「おう」

〝おう〟じゃねえよ。

「電車やなくて汽車な」

どっちでもいいって、んなの。

「……だから僕寝ていいかな？」

遠回しな表現がここまで通じない人だっただろうか。

このように考える一方、僕はここまでの自分の言動を反省してもいた。今回は部活があるため一泊しかできない。母親に一泊でもいいからおじいちゃんの顔を見てこいと言われたのだ。ときちゃんが居間にもどったあとの僕の耳には、最後の自分の言葉が嫌味たらしく残っていた。

「ときちゃん」

「おう」

幼少期の自分があけたものかもしれない、指窓が二、三ある襖を開けると、ときちゃんは麦茶&シガレットをせわしく繰り返していた。

「……僕も麦茶一杯もらえるかな？」

電源の入っていないテレビを一心に見つめている。

「ええよ」再会してすぐに寝る僕のほうに問題はあったのだろう。「寝やんでええんか？」

そもそも僕はこれまでときちゃんに遠回しな表現などつかったことがなかった。

「パワプロは今度もってくるから」

右足の大幅と左足の小幅で東芝の冷蔵庫の前からもどってきて、僕の目の前でマールボロの箱を振ってみせた。

「やるかぁ?」

高校生となった僕を大人とあつかっているのかもしれない。

「……じゃ一本だけ」

僕はこのときはじめて麦茶&シガレットをしたのである。

「ときちゃん、何か話してくれない」

僕は浦島でもものくさでもかまわないと語をついだ。

「今夜はちゃう話したるわ」

このように宣言して、ときちゃんは話をはじめたのである。

「むかーしむかし」

僕は煙草の煙にむせかえりながらもう一度確認をする。

「そうやで、ちゃう話やで。むかーしむかし、二二〇〇年前の中国に」

はじまり方のみならず内容もこれまでと同じだった。二二〇〇年前のジョフクという人の話である。中学入学のときにはじまった昔話で、興味のない中国の歴史もまざっていた。

「……海にでて一月、徐福さんたちは平らな野原と沢のひろがった蓬萊に着きました。めでたしめでたし」

麦茶はコーヒーではないので、眠気はずっと継続していた。

「ありがとう。じゃあそろそろ寝るね。おやすみ」

これで心置きなく横になることができると思ったのだが、ときちゃんは〝おやすみ〟を言わない。

「……いうんが、このお話や。ほんまの話はな」

突然いつもの訛り口調に戻ってこのように言ったのである。

「ほんまの話？」

「ほんまは、蓬萊とはちごとるんや」

じゃあどこ？　という僕の言葉の途中できっぱりと言った。

「ここや」

煙草のチップペーパーをはさんだまま裏拳のような動きで下の畳をさす。

「秦のカネと焼物もここで見つかったぁる。宮もあるやろ？」

僕は大きな大きな楠が立つこぢんまりとした神社を思い出した。〝宮〟と言われたので、すぐには分からなかったのである。

「徐福さんの宮や」

僕はここで一度ときちゃんの話を整理した。ジョフク一行は中国を出発してこの三重県熊野市にたどり着いた。

「へえ、面白い昔話だね、へえ」

「昔話とはちごとる」

めずらしく妙な沈黙があいたので、〝へえ〟で挟んだおざなりをもう一つ重ねた。

「へえ、ジョフクってここに来たんだね、へえ」

「いんや」

ふたたび僕のおざなりを拒絶した。

「徐福さんは来とらん」

作り咳を二つ三つはさんで、今度は口調をゆるめた。

「そんころは九州も近畿もドンチャンばっからしいでな」

表情は硬いままだった。

「荒れとったんやろな」

たしかに昔話にしてはいくぶんややこしかった。

「ここに来たんはこどもたちなんやで、タロちゃん」

窓のそとに視線をうつして遠くの海を見つめた。

「こどもたちなんやで」

現在僕は控え室で弔辞をしたためながら、その昔話を思いかえしているのだが、やはり僕にはうまくのみこめない部分がある。細部一つ一つの甘さが、細部まで想像するときちゃんの熱意のみをむきだしにしていた。既製品の浦島やものくさとはちがい僕にも想像の余地のある昔話だったので、一緒になって想像したことはあるものの、やはり僕には野球ゲームと同じような感覚しかなかった。どうしてときちゃんはあそこまで入れこんでいたのだろう。


「最近な、徐福さんの故郷の村が見つかったらしいんやわ」

「へえ」

「徐福村いうらしいわ。朝日に載ったぁたんや」

「まんまじゃん」

「最後のあつまりでも開いたんやろな」

僕はその光景を想像してみた。

「生きとるうちに行きたいんや」

「へえ」

「この足やさか」膝頭の右下三センチをピンポイントで指さす。いつも紺系のジャージに隠れていた。「よー行かんけどな」

「その足って」僕は今まできけなかったことをおそるおそるきいてみた。「生まれつきじゃないの？」

「そうやけど」

何かの事故でそうなったようにきこえたのだ。

「ふーん」

「おう」

「行けたらいいね」

「そうやな」

「きっといい所なんだろうね」

ときちゃんはゆっくりうなずきかえす。

「じゃあそろそろ僕寝るね。おやすみ」

「おやすみ」

6

二〇一一年九月二十二日。午前八時十二分。ときちゃんは死んだ。九十一歳という大往生だった。

7

埋めこみ式の棚の中段からマールボロのメンソールをとりだして、ビニール袋につめる。特製餃子、横須賀カレー、風俗情報誌、マールボロ。横須賀カレーの下にひそませてある風俗情報誌は藁半紙の袋に入れる。午前二時十二分。二千円札をうけとり、レジスターをあける。この時間帯にくる客ははきはきとした対応を求めないので、四百四十八円のお返しですとささやくように言う。客のほうも小声で何か言葉をかえした。

「有難うございました。またおこし下さい」

客が店をでる時には大きめの声をだす。万引等の対策にもなるのだという店長の指令である。

僕は原付に乗って客が店を離れたことを確認してから、レジ横の控え室にもどった。木目がプリントしてある机にふたたびむかう。

「明日の午前やけど、若いでちゃっちゃ書けるやろ」

勤務がはじまる直前、明日の葬式の弔辞を親戚のおばさんにきわどい言葉で任命されたのである。

「弔辞はマンゴのタロちゃんがしー」

弔辞を引き受ける条件として、僕は普通のスーツしかもっていないので喪服を貸してほしいと言った。熊野市内に住むおばさんなので、ときちゃんの物でもかまわないと語をついだ。僕は最終的にときちゃんとほぼ同じ身長で止まっていた。

「タロちゃん、大きょーなったな」

ときちゃんの第一声は、いつもこの言葉だった。

「もう止まったんだよ、ときちゃん」

僕がときちゃんと最後に会ったのはいつのことになるのだろう。僕は大学生のときにはじめたこのコンビニのバイトで、早八年がたち、いつのまにか副店長にまで昇りつめていた。

「中村ノリは今日もあかんな」

「そうだね」

ときちゃんはパワプロと昔話をこよなく愛していた。

「むかーしむかし、二二〇〇年前の中国に」

「……うん」

あの昔話だけはほかではきいたことがなかった。

午前六時前に僕は売り物から拝借した便箋に弔辞の清書をおえて、アルバイトの学生と交代した。留学生のアルバイトは夏までには全員辞めて、現在は日本人のみのシフト構成になっている。この一年におきた僕の周囲の変化といえば、だいたいこの程度のものだった。

「全然すすんだぁる気配せんな」

「そうだね」

運転しながら、昔話の中の光景が時々脳裡をよぎる。

「まだ着かんのかいな」

「まだじゃないかな」

土曜の早朝のわりに、一般道路は若干混雑していた。高速道路に入ると交通量は徐々にへり、松阪をすぎると、僕のスズキの軽自動車のためのアスファルトの絨緞となった。

「ざいぼさつぎょうじんはんにゃはらみったじしょーけん」

ときちゃんの家にはなんとか時間どおりに着くことができた。

「いしきしきそくぜくーくーそくぜしきぃじゅそうぎょー」

坊主の読経をきいていると、すこしずつ笑いがこみ上げてきた。ときちゃんの口癖にそっくりにきこえてきたのだ。

「ちんちんぶらぶらー」

僕は肩をふるわせながらも、笑い声は押し殺して、悲泣しているように見せかけた。

現地は昨日から雨が断続的に降っているとのことだった。現在は小康状態にあるものの、窓には大きな雨雲が見える。

読経が終わると、弔辞の時間になり、僕の名前がよばれた。

「弔辞」

僕はときちゃんの遺影を見つめながら、とりあえずタイトルから入ることにした。

「ときちゃん今までどうもありがとう」

母親が大きな咳払いをした。〝おじいちゃん〟と呼べということなのだろう。

「ときちゃんは僕の唯一の友達でした。小学生中学生のとき僕には友達がいませんでした。高校・大学では僕にも友達と彼女ができたので、だんだん行かなくなりました。さようならときちゃん。とくに小学生中学生の頃ありがとう」

近影であるらしい遺影の中のときちゃんは、前髪が頭の六合目まで禿げあがっていた。人間には九十近くになって禿げるパターンがあるようである。

僕はクリーム地の便箋を折りたたんで、遺影の前に置いた。全六枚。そっと置いたのだが、ずっしりとした感覚があった。

葬式は終わり、一統は新宮《しんぐう》市にある火葬場へと足をのばした。熊野市内にも火葬場はあるという話だったが、知り合いがいるらしく、ときちゃんはそちらで荼毘に付する運びとなった。

囲ってある菊の花以上に淡いときちゃんに最後の別れを告げて、二階の待機室に上がった。焼き上がるまでには一時間ほどかかるということである。一統はおにぎりを手にとり、すこし遅い昼食をとることにした。おばさんが「じゃんじゃじゃーん」と場違いな声をだして、タッパーの中から大量の唐揚げをだした。親戚の数名が材料の産地をたずねた。

「失礼しますぅ」

半開きになっていた待機室のドアをわざわざ敲いて、職員が頭をさげながら入ってきた。きっかり一時間だった。足腰の強弱にあわせてエレベーターと階段に分かれ、一階に降りると、さきほどの棺とはべつの棺がしつらえてあった。艶のはげた金・銀の象嵌をあしらってある。中の白骨は思っていた以上に細かった。悲しむひとも中にはいたが、ときちゃんの骨がかよわい少女をおもわせる細さだったことに驚くひとの方が今は多かった。

「ほれ、タロちゃんからしー」

年齢の若い順に箸で骨を拾う提案がなされたものの、米粒と唐揚げの油が手にこびりついていたので、年齢の高い順になった。トイレで手を洗って出てくると、数名の親戚が甲高い声をあげている。今さら骨の細さに驚くひとはいないと思いつつ、棺の前にもどると、ときちゃんの義理の弟が黒光りした何かを竹の箸ではさみとっていた。一見臓器の一部のようだったが一〇〇〇度以上の熱で残るはずがない。そして勲章よろしく掲げた。「やっぱ入っとったんや」という声がほかからきこえた。

「のう」

「やっぱ」

「ほれ」

「なあ」

それは幅五センチ超の鋭利な物体だった。竹の箸ではさむことにより黒光りはいっそうきわだっていたのである。

8

「おい、おい」

「なんだよ。また怒られるんだから話しかけてくるなよ」

「陸が見えてきたわ」

「陸？」

後方のいがぐり頭の彼は、櫂の隙間から海を覗きこんでいた。指示時以外は触れることを禁止されている櫂を隅におしやって、視界を広げていた。

「とうとう上陸かな」

故郷の海岸を出航してちょうど二週間になる。

僕たちは上陸の準備に入った。第八十二号船は最後八十二番目になるはずだが、八十番目だった。二隻がはぐれたのだという。ほかの船の技術者たちが纜《ともづな》を受けて、岸壁の突端に結わいつける。僕たちは二列に並び、船縁から岸壁に一歩を踏み出した。想像していたよりあっけない上陸だった。

「皆さん、長旅ご苦労様でした」

海岸からすこし中に入った開けた場所で、全員整列をする。列の先頭には徐福さんがいるようだった。背の順ではないので、僕の位置からだと、前に並んでいる肥満ぎみの子の脇の間から徐福さんらしき男性が見えるのみである。

「無人島とおぼしき島に上陸することができました。蓬萊であるかは定かでありませんが、暫く滞在いたしましょう」

周囲の者たちの表情には上陸した高揚感がきざしている。

「ではまいりましょう」

徐福さんの挨拶がおわり、全員で歩きはじめると、あれだけ雑談を注意していた技術者たちまでおしゃべりをはじめた。道は最前列のガテン系の技術者たちが掻き分けた丈なす草むらの中だった。軟玉の番号はそのまま海岸から陸内部にすすむ順番となり、僕と徐福村出身の彼はしんがりの技術者三人をのこして最後尾を歩いた。

「……しもた」

徐福村出身の彼は、この段になって船内のときより小さな声で僕の耳にそっとささやいた。

「オレいったん船もどるわ」

彼に合わせて僕も右に外れて一気に歩調をおとした。しんがりの三人の技術者はこの陸の女の有無の話に夢中になっており、隊列から逸れる二人に気づいていないようだった。

「軟玉わすれてしもた」

僕は彼の首に視線をおとした。船酔い対策だったのか、彼は乗船中ずっとはずしていた。

「たしかにまずいね」

さきほどの整列時には幸運にも確認されなかったが、このあとかならず必要になる。徐福さんと技術者は僕たちのことを軟玉の番号で呼んでいた。

「僕ももどる」

僕もちょうど尿意を感じていたのである。

「ほんならもどろか」

彼は僕の手をひっぱったまま、抜き足の足どりで引き返し、技術者たちと三〇メートルほどの距離ができたところで一気に駆け出す。

「でもよ、ここほんま、無人島なんかな?」

走りながらだったので僕は目線だけで応じた。

「陸に近づいたあたりから、水面に油が浮いたぁたんや」

油のほかに燃えさしも浮かんでいたことを僕に教えたところで、彼の口は突然止まった。目線だけで応じる僕に不公平感をつのらせたのかもしれないと思ったが、理由はちがった。前方の浜辺の驚愕の光景を見据えている。

「なッ」

驚きの声をあげたのは僕だけだった。

「ななな」

船の大半はラクダ色の貫頭衣を身にまとった百人規模の集団に占領されていたのである。僕たち二人の存在に気づくや、集団の半分は中腰になり矢を放ってくる。後方からも太い矢が飛んできた。味方の技術者たちの矢かもしれない。

「ここで待っとるんやで」

そして彼は僕の手を放し、一人船に飛び乗った。バランスを欠いた跳躍だった。僕の手には大量の脂汗がこびりついた。すぐさま隣の船から大男が棍棒をふりまわして飛び移ってきた。彼は後方に移動し、楼閣の壁面に立てかけてあった緊急時用の小舟を海面に落とした。

「はよ、先に乗らんかい」

僕は陸からそのまま乗り込み、彼は艫《とも》から小舟に受け身をとるように肩から飛び降りた。軋む音がしたが、破損したわけではなさそうだ。

「みんな大丈夫かな？」

「……どうやろ」

小型の櫂を漕ぎ陸と三〇メートルの距離が保てたところで、僕たちは一時休止した。海岸では船の主導権をあらそって戦が開始されていた。

「徐福さんは大丈夫かな？」

そうつぶやいたあとで、僕は〝大丈夫？〟の相手を至近距離の彼に切り替えた。

「キミ……どうしたんだい、その血？」

左膝の下の麻布だけが鮮やかな赤色を呈していた。

「あっちかこっちの矢があたったんやろうな」他人事のように言う。「強引に抜いたら、先っぽだけ中入ったまんまや」

「……治療はどうしよう？」

「死にゃあせんやろ。心臓は足にあるわけやなし」

僕は黙り、あとは彼の言いたいように言わせた。

「オレは自力で故郷にもどれやんようなったわけや」

顎関節の音のような乾いた笑い声をはっした。

「どっちももとは大陸のもんやろに、くぁッくぁッくぁッ」

9

紀元前二一九年

《斉人徐市等上書言、海中有三神山、名曰蓬萊・方丈・瀛洲。僊人居之。請得斎戒、与童男女求之。於是遣徐市発童男女数千人、入海求僊人。》

（斉《せい》人の徐市《じょふつ》らが上書して言った。「海中に三神山があり、その名を蓬萊・方丈・瀛洲《えいしゅう》といいます。仙人がいるそうです。我々は斎戒して身を潔め、けがれのない童男童女とともに仙人を求めたく存じますので、是非とも機会を賜りますよう」そこで徐市を遣わし、童男童女数千人をおくって、海に出て仙人をさがさせた。）

紀元前二一二年

《徐市等費以巨万計、終不得薬。徒姦利相告日聞。》

（徐市らの消費した費用は巨万にのぼったが、終に薬を得ることはできなかったとのことだ。彼らは結局いたずらに利を貪る姦物だったと、巷では相告げる声が日ごとに聞こえてくる。）

紀元前二一〇年
《方士徐市等入海求神薬、数歳不得。費多。恐譴、乃詐曰、蓬萊薬可得。然常為大鮫魚所苦。故不得至。願請善射与倶。見則、以連弩射之。》
（方士の徐市らは海に入って神薬を求めたが、数年経っても入手できず、要した費用は多大であった。ついては譴責されることを恐れて詐って言った。「蓬萊の薬は入手できます。しかし、いつも大鮫に苦しめられるものですから、島まで行くことができません。ぜひとも、弓の名手を同行させてください。大鮫が姿を見せたら、石弓を連射してこれを射とめましょう」）

徐福が実在したということの文献的な裏づけは、『史記』にあるようだ。作者は司馬遷《しばせん》という名前らしい。ときちゃんの葬式の翌日、僕は店舗のパソコンで調べ、勤務後自宅そばの母校の図書館に寄ったのである。僕が見つけた情報では、司馬遷という人物は紀元前一四五年生まれの歴史家となっている。つまり、徐福出航の約七十年後のひとである。当時の皇帝に宮刑（去勢）に処されたことがあるらしく、そのことが王朝に左右されない史書『史記』を書かせたとのことだった。二十世紀後半に発掘された兵馬俑《へいばよう》（始皇帝の墓の中で死体を守る像）、殷《いん》・周《しゅう》といった当時から千年以上前の王朝のことも、『史記』は詳しく記述しているのだという。

つまり、自分が生まれるたかだか七十年ほど前の徐福の出来事について、司馬遷が嘘を書くわけがない、と。徐福の実在はそのように唱えられてきたようである。

その司馬遷が書いた『史記』の中には、徐福についての記述が四つある。

四つの記述のうち三つは「本紀」という『史記』のメイン項目の中にあり、残り一つは「列伝」というサブ項目の中にある。「本紀」では〝徐市〟、「列伝」では〝徐福〟となっている。

その理由は僕にはよくわからない。

〝徐福〟という名前が唯一出てくる「列伝」の中において、ある王とある臣下の会話中の人物として〝徐福〟は登場する。その内容は「本紀」のものより数段誇張されていて、たとえば、〝徐市〟を苦しめた〝大鮫〟は、この〝徐福〟では〝大神〟となっていて、人間のことばをよくしゃべる存在に加工されている。〝福〟の字がついた〝徐福〟とは実在人物・〝徐市〟の異名か渾名、あるいは伝説・昔話となったあとの名前なのかもしれない。

中学生・高校生相手ということもあったのか、ときちゃんはこの『史記』のことを僕に語ったことはなかった。すくなくとも僕はそう記憶している。そもそも『史記』の存在を――いや、知らなかったということはないと思う。生前のときちゃんが言っていた「朝日」の中にも〝史記〟の文字はあった。ひょっとすると、僕が大学生になった暁にでも言おうとしていたのかもしれない。死んだ今となっては知るよしもない。

いずれにしても、「本紀」が誇張されているこの四つ目の記述・「列伝」とは反対の事実を徐福たちはあゆんだものと、ときちゃんは考えていたようだった。到着地は〝平原広沢〟とは反対の土地だったのだろう。

《使徐福入海求神異物。還為偽辞曰、臣見海中大神。言曰、汝西皇之使邪。臣荅曰、然。汝何求。曰、願請延年益寿薬。神曰、汝秦王之礼薄。得観而不得取。即従臣東南至蓬莱山、見芝成宮闕。有使者銅色而龍形、光上照天。於是臣再拝問曰、宜何資以献。海神曰、以令名男子若振女与百工之事、即得之矣。秦皇帝大説、遣振男女三千人、資之五穀種百工而行。徐福得平原広沢、止王不来。》

〈徐福に命じて神異な物を得るために海に入らせました。徐福は帰還して詐って申しました。「臣は海中の大神にお目にかかりましたが、〈汝は西皇の使者か〉と問われましたので、〈そうです〉と答えました。すると〈汝は何を求めているのか〉とのおおせでしたので、〈願わくは延年長寿の薬をいただきたいものです〉と答えました。すると大神は〈汝がつかえている秦王の礼物が薄いから、薬は見せるだけだ〉と申されて、臣を従えて東南に赴き蓬莱山に至り、芝園にかこまれた宮闕を参観いたしました。そこには使者がおり、銅色かつ龍形、全身から発する光は天上までをも照らしておりました。再拝して〈どのような物を献上したら宜しいでしょうか〉とたずねますと、〈良家の童男女とたくさんの技術者を献じたら、薬を得ることができるだろう〉と申されました。」始皇帝は大いに悦んで、童男童女三千人を派遣することとし、五穀の種を持たせ、たくさんの技術者をつけて出発させました。徐福は平原広沢を手にいれ、その地でとどまって王となり、ふたたび帰ってはきませんでした。）

10

ときちゃんの葬式から七日後、僕はときちゃんの体から出てきた黒光りした物体をもって、中国にむかうことにした。

出発空港は自宅最寄の中部国際空港となった。前日に思い立ったこともあり、フライトの数が多い成田空港発着を覚悟したわけだが、搭乗券はあっさりと購入できた。中国の航空会社の便だからかもしれない。値段も正規より相当安かった。

中国人観光客が日本で高級ブランド品を買いあさる光景や、電化製品をまとめ買いする光景などは、僕もテレビで目にしたことがあったので、機内はきっとそのような中国人であふれているのだろうという先入見をもって搭乗した。中国については「ええところ」とときちゃんが言っていた以外、僕にはほとんど情報がなかったので、〃地球の歩き方〃、〃るるぶ〃といったガイドブックを数冊見つくろってきている。

圧倒的な存在感　　絶対的な存在感　　国民的そんざー
葦　　葦　　葦　　葦
鬼怒川　利根川　那珂川　渡良瀬川　全部北関とーう
そこに　葦 葦 葦 葦 葦　は生えてる　かなあー
JOY　JOY　JO……

離陸後、僕は座席のオーディオで〝日本歌謡曲〟を聴きながら、そのガイドブックの頁をめくっていた。ある一冊には僕の先入見をうまく表現したフレーズが載っている。

〝中国の航空会社でしたらもうそこは中国です〟

それでも現在搭乗している実際の機内は、〝中国〟という感じには程遠く、中国人もすくないのである。座席の半分は空席であり、のこりの半分も大半は日本人のように見える。頬骨まですかくすマスク姿の黄色人がちらほらいる。乾燥対策にしては大げさだった。

僕はだいたいそのあたりで現在状況について考えるのをやめ、ふたたび紀元前のことについて考えはじめた。そもそもどうして数千ものこどもを集めることができたのだろう。皇帝の命令だけでは、無理がある気がする。おそらく子を派遣する親にもメリットがあったのだろう。皇帝のみならず、中国のひとたちは中国唯一の海がある東方に浪漫をいだいていたのだろう。

この飛行機は約三時間後、上海の郊外にあるという浦東国際空港に到着する。僕が事前に立ててきた行程は、空港から中心部の上海駅までリニアモーターカーと地下鉄で出る。午後八時五十二分発の寝台列車に乗車し、江蘇《こうそ》省という省にある連雲港《れんうんこう》市にむかう。観光むけの土地ではないのかもしれない。ガイドブックには時刻表以外にその地名はなかった。

「××××」

突然スチュワーデスが言葉をかけてくる。

「××××」

〝日本歌謡曲〟を止めてヘッドホンをはずしてみたものの、やはりききとれない言語だった。マスクをつけているわけでもないのに、僕のことを中国人ときめているらしかった。荷台の上にはドリンク類が並べてあったので、僕はオゥレンジとネイティブっぽく言ってみせた。逆にスチュワーデスの動作が止まる。海外は高校の修学旅行の韓国以来二度目だった。

「お食事はいかがいたしますか」

今度は僕のききとれる言語だった。

「どちらにいたしますか」

僕は円い穴のような窓から機内に視線をもどした。典型的な日本の名字をネームプレートに刻んだスチュワーデスから夕食をうけとり、ふたたび視線を窓にもどした。

太平洋はすでに雲におおわれていたが、その一面にひろがる雲が今度は海に見えてきていた。今の僕の目には、トーンが統一してあるというだけで全部海に見えてしまうようだ。

「お下げしてよろしいですか」

夕食のトンカツは断面の半分が脂身であり、付け合せの野菜も濃厚なバターで炒めてある。同じ時間に同じ食事を摂る。あのときのこどもたちもきっとこのような食事を摂っていたのだろう。この発想そのものはときちゃんのものだったが、その理由には言い及んでいなかった。

僕には歴とした理由があるように思う。徐福は心のどこかでこどもたちを家畜または奴隷のように考えていたのではないか。こどもたちの同行を皇帝に願い出た徐福には、やはり何か不純な動機を感じるのである。

11

「何はともあれ、あのときちゃんと食べておけばよかった」

「やな」

僕と彼はすでに一週間この海を漂流している。

東天の一点にある太陽の光だけをたよりに、僕たちは船を漕いでいるが、櫂をものともしない凪や潮の流れがあり、なかなか思うようには進んでいなかった。陸はまだ見えずにいる。

「風がまた強くなってきた」

「やな」

「暑くなくてすむね」

「やな」

僕と彼は上半身裸の状態になっていた。

「いっそ雨でも降ってくれればいいのに」

彼は黙りこくって一人で食事をとりはじめた。手枕をつくり仰向けになっていた身体を寝返りのように移動させて、木材に吸いついた。そして歯を立てる。僕も小舟のへりをネズミのように齧った。実際問題、齧る量はネズミ程度にしか進まない。

「はぁ、オレ二十でええわ」

「ちゃんと食べた方がいいよ」

この小舟のへりの表面にまで食用不可の桐油がびっしりと塗り立ててあるので、歯でうすく削ぎ、海水で口をすすいでから齧りついた。

「でもごめんね」

桐油をここまで塗らせているとは、不老不死にかけるあの皇帝の力の入れようは尋常じゃない。

「……なにがや?」

「もってこれなくて、ごめん」

「もうええて」

「今度がもしあったら、そのときは必ずもってくるから」

おそらく彼の方も内心は、あのときすこしばかりの食料と飲料でももって逃げればよかったと思っているはずだ。彼が小舟を海に落としているあいだ、僕が乗船して、楼閣の中の倉庫から食料をもってくることもできた。僕があのとき事態をすばやく把握していればよかったのだ。

「足は痛む?」

「よーなった」

強がっているようにもきこえたので、二、三、たずねかえすと白状するようにこう言った。

「麻痺したんかしれやんけど」

裾の端の麻布を切り裂いて傷口にあてがっていた。

「動かない方がいいよ」

ちっこい舟やで、動きようないで、と声量を一度極端に落とした。

「それよか、あんたは大丈夫なん?」

頰がげっそりこけたとのことだったが、ときどき海面を鏡がわりにしており、それほどのことではないと自覚している。

「キミより若いから大丈夫」

彼にくらべればどうってことはないのである。

「そうやな」

海面を鏡がわりに使えることはすくなく、このあたりの潮流は概して速い。渦を巻いている場所や鋭い歯をもつ魚の姿もあり、潜水して海藻をとることすらままならない。

「一食三十までな」

木材を食料とすることをはじめに提案したのは彼だった。三十回齧りついたら終わりという意味らしい。

「食いすぎたらいかん。舟沈んでまう」

「わかってる」

それでも現在提案した彼の方が口をとめている。

「オレの十、あんたにくれたるわ」

「……だったら小分けに食べたら」

上空には飴のように光沢をもつ雲が漂っていた。海と空を分ける水平線がぼけてうつる現在の僕の目には、空がひくい天井のように見える。僕は手をのばした。陽光の櫛の入った鳥が飛んでいた。

「食べもんはもうええわ」

僕はその毛並のうつくしい鳥の肉の味を想像しながら、木材を嚙みつづけ、デザートにはその雲をいただくことにした。

「何か飲みたない？」

飲料はさらにきびしい状況にあった。僕たちはすでに海の水を飲んで嘔吐をくり返していた。

「なぁ？」

相槌をしきりに求めてくるので適当に返事をすると、彼はゆっくりと上体をおこし裾がほどけているズボンをおろした。

「ちんちんぶらぶらー」

そのように彼がおどけてくれたおかげで、僕もはばからず飲むことができた。

「意外とおしっこもいけんねやな」

僕もそろそろ切りだそうと思っていたことだった。

「においも魚みたいやし」

掌に注いでは口に含む。喉ごしを堪能する間は腹筋に力を入れてこらえる。

「なぁ、オレの飲んでみやん？」

僕はすこし迷ったのち固辞した。

「ほんなら、あんたのちょいと飲ませてくれやん？」

いっそあの陸で殺された方がマシだったのかもしれない。

「どいらい濃いな……あんたの」
放尿後息をきらした彼のためにも、僕は首肯ですませて、この会話を尻切れにした。会話がわりにたがいに拳を打ちあわせる。今はそれが安否確認のようになっていた。
追記　夕食、彼は寝返り打つのもきつそうなので、僕が桐油をそぎ落とし齧らせた。

12

一日晴れ。北東の風。のち南東の風。時々強風に引き戻される。一日陸見えず。

13

一日晴れ。北東の風。のち南東、南西、そして北東にもどる。一日陸見えず。

14

一日晴れ。北東の風。朝は北東の風であることが多い。午後北西。一日陸見えず。彼は口数が減る。厚い雲が月隠す。

15

帰してください、おねがいします、おねがいします、死にたくない、僕はまだ死にたくない、死にたくないんです、太陽さま、僕らを帰してください、おねがいです

16

朝小雨。小雨飲み、湿った木材齧る。北東の風。水面に草見える。夕方陸見えた。数条の煙。前の陸と同じ可能性。

17

陸の方から接近。尖端。さらに尖る。半島ではないかと彼ひさしぶりに発声。中央の山脈境に土地分かれている可能性。

西から回りこむ。僕たちは未開の土地であることに賭けた。

18

今朝から一言も彼口きかず。夜蒼白。今日は僕の計算が正しければ九月二十一日だろうか。午後六時半。明日は九月二十二日。明日になる前にはやく上陸せねば。

19

上海浦東空港に着いたのは、予定より十五分遅れだった。

僕のパスポートに問題があるわけではないと思うが、入国審査カウンターで想定外の足止めをくらった。僕の顔写真か生年月日か国籍にでもなにか問題があるのだろうか。そのような推理をはじめたところでようやく入国許可の印が捺され、僕は空港の到着ロビーを出た。ただで

20

さえ想定外の足止めをくらったのに、人民元への換金と、リニアモーターカーの乗り場を見つけることにも手間どり、結局空港をあとにしたのは午後八時前だった。僕はこの時点で今晩の寝台列車をあきらめた。

午後九時すぎになって上海駅に到着し、僕はまず宿をさがすことにした。リュックからとりだした〝地球の歩き方〟をこっそりのぞきながらさがしたのだが、旅行者であることと外国人であることは、分かる人には分かるようである。

「×××××」

貨幣色の顔のおばさんに声をかけられた。僕は相応の警戒心をおぼえつつも、手には大型バスのイラストが入ったしおりを持っていたので、リュックの前ポケットからメモ帳とペンをとりだそうとした。

「×××?」

手さぐりだったので、パスポートと黒光りした物体も一緒にでてしまった。おばさんは語尾をあげたものの、〝連雲港〟と書きなぐったメモ帳以外しまうと、両頬を眼窩付近までもちあげた。

「オッケーオッケー」

中国で有難いのは漢字が通じることである。

おばさんはきわめて日本人っぽい英語の発音で返事をして、メモ帳の〝連雲港〟の下に〝2

30〟という数字を書きつけた。寝台列車は一八八元（約二五〇〇円）だったものの、より早く着くのなら寝台バスでもいいだろう。

「オッケー、オッケー」

僕が深くうなずきかえすと、今度はさらにその数字の下に〝2230〟としたためた。可能性をいくつか考えてみたが、時刻以外にしっくりくるものはなかった。まだ一時間以上ある。

おばさんの発音を真似てもう一度オッケーを言い、僕はこの場をゆびさした。ここで待つ意思を示したつもりだったが、手を内側に振って〝来い〟とうながす。あるいはこちらの意思がきちんと伝わった上で、時間まで拘束しようと思ったのかもしれない。リュックサックを背負って付き従う僕の姿が、ネギを背負った鴨のように思われてしょうがなかった。

「×××？」

「オッケー」

「×××？」

「オッケー」

適当に相槌をうちながらすすむと、上海の印象とはことなる街並にでた。やがて古めかしさより不潔さがきわだつ路地に至る。一棟のアパートの一室に入り、玄関横のトイレで僕に小便をさせる。奥にはおばさんの息子とおぼしき齢十五、六の少年がいた。僕に明るい表情で質問をするが、僕が耳に指を突きたててみせると黙った。そして母親と口論をはじめる。僕には知る由もない口論だった。それでも約一時間後のバスに乗車したのち、その息子がふっかけていた言葉を僕は想像することができた。

〝外国のひとを騙すなんて、母さん、あなたサイテーだ〟

バスは寝台ではなかったのである。高校の野球部の遠征のときに使っていたようなマイクロバスだった。フリッカーぎみの蛍光灯が灯っており、乗客たちの眼光もちかちかしていた。僕は片手をさしだす失敬のポーズをとって満杯の車内をすすんだ。穀物を詰めたような大きな麻袋が通路にまで置いてある。リュックを抱えたまま空席に腰をおとすと、運転手とはべつの人間があらわれ、否応なしに運賃を徴収された。一〇〇元紙幣でおつりが来た。

「どいらい長旅になるんちゃうやろか」

ときちゃんが言っていたとおり、徐福村までの行程はかなり困難なものになりそうな気がひしひしとしてきている。

「波田須みたいな田舎かしらんな」

そのようなことを言っていた記憶もあるが、電車一本で着く波田須とは雲泥の差があった。

「でも、波田須よかええ土地やで」

「へえ」

と適当にかえしたあとで、僕はそのことばにひっかかった。推量ではなく断定口調だったのである。

「ときちゃん知ってんの？」

「おう」

「なんで？」

「行ったことあるで」僕の質問を制するようにすばやく語をついだ。「村には行ってないで」

そしてときちゃんは間違いなく〝最近〟と言ったのである。

「見つかったんは最近やで。オレが行ったんは前やでな」

「でも中国に行ったことあるんでしょ？」

僕はそのあと、もったいないなぁ、的なことばをかけた気がする。

「まぁオレが行ったんはシナやけどな」

停留所でもないような道の途中で、バスは何度も停車している。席はすでに埋まり、補助席と地べたにも人があふれているのに、客をのせていた。結果、自分のそばの通路で言い合いがはじまる。文字通り口角沫がこちらに飛んでくる言い合いだった。僕は目を薄く閉じて無関心をよそおった。窓側の男性はチラシのようなものを読んでいたので、僕も新聞記事のコピーをとりだした。

〈「朝日新聞」一九八四年四月一九日（二二面）
不老長寿の薬求めて来日した

伝説の道士「徐福」は実在　中国紙報道

【北京十八日＝横堀特派員】今から二千年以上昔、秦の始皇帝が不老長寿の薬を求めて日本に派遣したという伝説上の人物「徐福」は実在し、その故郷の村がわかった――と十八日付の中国の文化学術紙「光明日報」が報じた。徐福にまつわる伝説は日本にも多く残っており、中国の報道が正しいとすると、徐福は歴史上記録に残る最初に日本に渡った中国人ということになる。

光明日報の第三面「史学」のページに掲載された論文「徐福の史跡発見と考証」によると、八二年六月、歴史学者の羅其湘、汪承恭の両氏が江蘇省贛楡県の地名調査中、宋代以来の地方誌や、民間に伝わる家譜などから「徐福村」の存在を確認した。それは贛楡県金山郷の南一キロにあり、今は「徐阜村」と呼ばれているが、その旧名は徐福村で宋代には徐福を祭った廟（びょう）があった。今の村民には徐姓はいないが、これは徐福が始皇帝の命を受け日本に渡ったものの不老長寿の薬を持ち帰ることができなかったため、一族皆殺しの罪になるのを恐れ改姓したためという。「史記」など中国の歴史書の記載によると、徐福は徐市（ふつ）とも書き、戦国時代末期から秦にかけての人で、仙術を良く使う道士だったという。天下統一後、神仙思想にとりつかれた始皇帝が不老長寿の薬を求めて国内を五回巡幸したが、このうち二回は贛楡県に足を運んでいる。徐福は東に海を渡って蓬萊（日本）に行き、不老長寿の薬を探すよう命じられ、三千人の童子童女を率いて海を渡ったという。

羅氏らは徐福が海を渡った本当の目的は、始皇帝の迷信を利用して、秦の暴虐な政治から逃げ出そうとしたためではないかと述べている。

日本では和歌山県新宮市に徐福の墓があるほか、九州や近畿地方に徐福にまつわる伝説が残っている。しかし中国や日本の史書の徐福に関する記述はあいまいで、神仙思想の影響を強く受けているため「架空の人物」「虚構の物語」とみる学者が多かった。〉

連雲港市行きのバスに乗車したこのあたりで、一度確認しておきたくもあった。

僕はこの記事がときちゃんの言っていた〝朝日〟なのではないかと思っている。それでもときちゃんの言っていた〝最近〟の範疇にはたして入るのか、疑問はのこっている。徐福村が判明した年に僕は生まれている。

中国ではどうやら市が県の上位にくるようである。記事の中にある贛榆《かんゆ》県とは連雲港市の中にあり、直線でもかなりの距離がある。Ｇｏｏｇｌｅの地図をもってきてあるのだ。市中心部の連雲港駅からはタクシーでいくことを念頭においている。

「××！」

四時間半ほど走ったところで、突然運転手が銃声のような声をあげた。大半の乗客が下車したが、荷物は車内においている。トイレ休憩かもしれない。尿意を感じているものの、荷物を置いていくのは怖い。持ってでると席をうばわれる。人生のどこかで経験した事のあるジレンマに遭いつつ、そのような既視感にひたる余裕のある尿意だったのでこらえた。

「×××××」

約三時間後にふたたび運転手が声をはりあげた。瞬間的な声ではなく、言葉のかたまりだった。乗客全員荷物をもって下車をはじめる。ひょっとすると、着いたのかもしれない。午前五時四十二分。寝台列車よりずいぶん早く着いたことになる。

しかし、下車した場所は電車の駅ではなかったのである。

僕は夜のあけきっていない道をひとり歩きながら、トイレまたは立ち小便が可能な場所をさがした。整備されたこのアスファルトの道があるだけ、ある程度ひらけた場所ではあるのだろう。それでも街の中心部にしては、一軒一軒のスケールが大きかった。空気もうますぎる。すこし歩くと〝連雲港市灌南区〟という看板が見えた。地図にその区名はないものの、ここが連雲港市であることは確かなようだ。僕はひとまず胸をなでおろしながら、空き地で小便をして、タクシーをつかまえた。市内なら乗車場所に大差はないだろう。

「×××?」

僕はふたたび中国人と見られているようなので、あのおばさんの息子にたいしておこなった同じ動作をして、中国語がわからないことを伝えた。運転手はこころよくうなずいたが、僕が事前に書いておいた〝贛楡県金山郷徐福村〟という住所を見せると、あからさまに首を傾げた。

「アーユー、コリアン?　ジッパーニーズ?」

「ジャパニーズ」

そして手を横にふり、甲をこちらに向けて、ドアをしめた。無駄のないひとつながりの動作だった。

「×××」

ひょっとすると、外国人だから避けたのかもしれない。テールライトが道のむこうに沈んだあと、僕はそのように考えた。それでも徐福村のひとたちは僕を歓迎するはずである。

「×××？」

次のタクシーをつかまえることができたのは、十一分後のことだった。今回は自分の出で立ちがかえって仇となっているようだった。大きなリュックを背負った男と遠くになどいきたくないのだろう。

「×××」

この運転手もさきほどとおなじく、一度僕を席に座らせてから、メモ帳の住所を見つめた。上の歯で下の唇を甘く噛みながら、この住所を何度も口にしている。自分の声を他人の声としてきいてみても、結果はおなじようだった。

僕がみずから降りようとすると、

「ハロー」

と今さらながらおぼつかない英語の挨拶をしてきた。

「……ハロウ」

アーと声を濁して何やら語彙をさがしているようである。

「……オッケーラ」

僕がさきほど断られたことを知っているかのように、やさしく微笑んで〝金山郷〟の文字にだけ丸をつけた。僕の方もそこまで行ってもらえれば、あとは徒歩ですみそうな気がした。

「オッケー」

外国からわざわざ来た人間を拒否しては男がすたるとでも考えたのかもしれない。それら一連の僕の深慮は、つづいてしたためた運賃の数字を見て、買いかぶりだとわかった。

〝400〟

初乗り一〇元のタクシーなら多くとも二〇〇元前後で済むと思っていたので、想定外の出費となる。だからと言って、ほかのタクシーと交渉を一からはじめるのも辛かった。

「オッケー」

徐福村にきちんと送り届けてくれるのなら、想定外の出費があっても構わない。

「オッケーラ」

何故か運転手のほうはさきほどから語尾に〝ラ〟をつけている。僕がその理由を考えているうちに、タクシーは僕がもと来た方角にUターンした。ラジオをつけて快調に速度をあげていき、大半の信号は無視してすすんだ。右折するとき、運転手はついでに僕の顔を見ている気がした。最初は気になっていたが、それも気にならなくなった。というより、右折そのものがなくなっていた。高速道路に入ったのである。

この灌南区とは、あるいは現在開発中の地域なのかもしれない。睡眠をとっていないせいもあるのか、現在タクシーに乗車していても、地に足の着いていないふわふわとした感覚がある。もしかすると、海を埋め立ててできた土地なのかもしれない。対向車がときどき徐福村からこどもたちを乗せてくる馬車に見えた。村の最後の集まりをおえたこどもたちが出航の海岸にむかっている途中だろう。僕にとっては牛車より馬車の方がやはりしっくりくる。

そろそろ徐福村に着いてもいいように思う一時間が経過したところで、〝連雲港〟の標識が出た。連雲港？　市街地もしくは中心部という意味だろうと僕は結論づける。当初連雲港市内でのスタート地点として思い設けていた連雲港駅も、この出口を下りた先にあるのかもしれない。ダッシュボード下のメーターはすでに一五〇元を回っていた。交渉時に書いていた四〇〇元というのは、あるいは妥当な額なのかもしれない。その上の運転者登録証の〝陶冶〟という名前とともに、この運転手にたいする信頼感は、自分の知っている地名のインターチェンジでおりたことでさらに高まった。

〝贛楡県〟

〝徐〟も〝福〟も日常的にもちいる漢字だが、この〝贛〟と〝楡〟はおそらく今後の人生においてもう書くことはないのだろうという意味で、徐福村より強烈なインパクトをうけていた。

料金所をでて、センターラインのないアスファルトを打ち放しただけの道路にでると、一般の自動車よりもモーターバイクの数の方が徐々に多くなっていった。その比率は道幅が狭くなるにつれて、極端なものに移りかわり、僕の心のゆとりもその比率にともなってどんどん狭くなっていった。路線名を掲げたバスは見かけなくなり、タクシーはここ十分間一台も通らなくなっていた。

僕はとても大きなことを見落としていたことに、ここでようやく気づいたのである。

（……帰りどうしよ）

異国の田舎に村があることは想定していたものの、いくつもの異国の田舎を隔てていることは頭になかったのである。村でタクシーをつかまえることはおそらく不可能だろう。

それでも陶治はラジオから流れる歌謡曲にこまかいビートを刻みながら、ときどき左膝をドラムのように叩いて、アクセルを踏んでいた。

前方左手には樹皮まで落ちている枯れ木や藁色の土嚢がならんでおり、右手にはひと気のない石造りの民家がならんでいた。帰りのチケットは四日後の便をとっている。それ以上の休暇は副店長としてはきびしかった。一日二日かけてでも歩いてもどってくればいいと吹っ切れたように考えはじめて、右折と左折のたびに〝赤いレンガの家〟というようなケルン的存在をメモしていたが、左折と右折の合計が二十をこえたあたりで、その作業も中止した。メーターは三〇〇元に達していた。〝金山郷〟の標識がでると、陶治が左右を見まわした。陶治も未知の領域なのかもしれない。自動車はおろか車両を一台も見かけなくなった。約五分ぶりに人間を見かけるや、タクシーをとめて外にでた。ヤギ飼いの老人だった。訛りが強いらしく、中国人同士なのに、身振り手振りをまじえる。首をかしげながら運転席にもどり、無言で発車した。十五分後にふたたびタクシーをとめて、ふたたび発車した。八分後、みたびタクシーをとめて、みたび発車した。右手には何ヘクタールもの荒地がひろがっている。

陶冶はここでタクシーをとめて、エンジンを切った。

もちろんここが徐福村であるはずがなかった。

「×××？」

メーターのデジタル表示は〝396〟になっていた。高速道路の料金が反映されているようでもないので、陶冶としてみれば四〇〇元でも見積もりが甘かったことになる。

「×××」

言葉がつうじないことを再認識したようである。自分で自分の質問をひきとる低い声をだした。超過した分は払うことをきめていたが、僕には途上で伝える術がなかった。陶冶はステアリングをかるくたたき、砂地の道をすすんだ。前方にラクダのこぶ然とした凸凹が現れた。ここでは停車してステアリングをたたくことはしなかった。予見していたのかもしれない。凸に上がる直前の日陰の凹がぬかるみになっている。空回りする音が木霊した。ようやく凸凹を越えたあとも、エンジンとタイヤは、呼吸がととのわずにいた。僕の耳には、一仕事おえたあとの達成感にみちた声のようにきこえていた。

「徐福村にはええ人ばかりあるでな」

「へえ」

「徐福さんらが東の日本に行ったいうんは、語り継がれたぁるらしいでな」

「へえ」

「日本から来た言うたら、歓迎されるんかしらんな」

ときちゃんの話では、徐福村の村人は東方に位置する日本にあこがれているとのことだった。きっと一番近くにあるバス停ぐらいまでは送ってもらえると、僕は凸凹を越えてからいさなか楽観的に考えていた。前方には二輪の車輪の跡がつづいている。そして五分もせず村落にぶつかった。東天の一点には金色の太陽が鎮座しており、慈悲ぶかい掌のような光で、村落全体をつつんでいた。

ここが徐福村だと僕は確信した。

21

僕は徐福の廟の前の広場をはなれて、タクシーの停車場所にもどることにした。自分はここに置いていっていいと伝えたつもりだったが、陶治の方は待つと手ぶりで応じた。見殺しにするようなものだという、純粋な道徳心によるものだろう。ここまでの運賃の〝472〟も予告どおり四〇〇元しか受けとらず、帰りは一〇〇元でいいとメモ帳に記した。滞在時間は午前十時までの約三十分という約束をしていた。

広場から小路につづくその途上で、僕は一度立ちどまり、幅五センチ超の黒光りした物体を落とした。土壌と小路のあいだにちょうどいい幅の溝があったのである。

この村に着いて以来、ニワトリ・アヒル・イヌなどの動物には出くわしていたが、人間には出くわしていなかった。僕はその理由を、二二〇〇年前に村の大半のこどもたちが東方に行った問題として考えながら、土偶をほうふつとさせるイネの茎の束の横をとおりすぎ、次にそのこどもたちを追って大人たちも村を去った問題を考えながら、アワの横をとおりすぎた。アワは半分以上消えており、さきほどまでついばんでいた動物たちの姿はなかった。民家の一階部分の格子からは、血色のいいブタが寝ぼけ眼をこちらにむけて、口をあんぐりあけていた。

僕はこの村の光景を一つ一つ見るごとに、自信をふかめていた。これらの光景を一つ一つ事前に予想していたわけではないものの、ときちゃんの話をもとにしたイメージからこぼれ落ちる光景は一つもないのである。この村までの道のりは予想以上だったものの、この村の光景についてはすべてが思う通り存在している。強いて挙げるとすれば、徐福の廟の管理人室からテレビかラジオの音がひびいてきていたことぐらいだった。

僕は腕時計に目をやり約束の五分前であることをたしかめて、歩をはやめた。すると村人を一人発見した。パンツのように見える布巾かパンツそのものを、木製の竿に干している。僕は筆談であっても徐福村のひとと会話をしてみたかったので、声をかけようと近づくと、死角になっていた民家の陰にもう一人村人を発見した。三十代とおぼしい女性である。

「ニーハオ」

ガイドブックの〝中国語会話〟の通りのアクセントをつけたが、返事はなかった。それでもむこうからゆっくりとこちらに歩みよる。うしろには四、五歳の女の子の手をひいているようである。歩くだけで左右の乳房が独立して揺れている女性だったが、僕はそういう魂胆があって声をかけたわけではない。馴染みのある顔だったのである。髪を短く刈り込んでいる。性別とステッキの有無のちがいはあるものの、僕の目にはときちゃんの顔そっくりにうつっていた。若干高倉健寄りかもしれない。

僕はこの人にだけは自分の素性をあかしたくなり、リュックサックを腰で支えてとりだしたメモ帳の最終頁に〝日本人〟と書いた。覗いてこないので、僕の方から字を掲げる。

「××××!」

動物の鳴き声にほどちかい言葉を吐いた。あるいは言葉ではなかったのかもしれない。

「××××!」

それでも、この村人は文盲ではないという確信があった。この村人は〝日本人〟を読みとっている。そして現在は紀元前ではないという当たり前すぎる事実を僕に突きつけている。

「××××！」

自分の娘とおぼしいその女の子を胸元にかかえて、東方の僕と距離をとったのである。

そして十二、三歩下がった場所から、僕にむかってジェスチャーをとってみせる。わざわざ日本から来た僕にたいして、説明責任を感じたのかもしれない。ジェスチャーは三つの事象に大別してあった。地面をゆびさして、合わせた両掌を離し、地面の分断を表した。そして両手をはげしく上下してウェーブをつくる。最後はそのウェーブをゆるめて液体から気体に事象をうつし、鼻をつまんだ。東方には危険な何かが漂っていることを表して、女の子と二人で頭を深々と下げてみせた。

僕はすこし考えてからようやく頭を下げかえし、リュックの中にメモ帳をしまい入れ、この場をあとにすることにした。

「るぅぶっかっぶっか」

タクシーにもどると、僕は陶冶に先に一〇〇元紙幣を手わたした。陶冶はその紙幣を四つに畳んで胸ポケットに入れ、ステアリングの上に手をかざした。午前十時四分。太陽は若干位置をかえているようだった。僕はそのまま目蓋を閉じることにした。昨日からまともな睡眠をとっていないのだ。太陽の光はじきにまったく感じなくなる。

22

「どいらい森やな」

「ほんとだ」

僕と彼は浜辺の大きな石の上に立って薄ら笑いをうかべていた。

「賭けに勝ったは勝ったけどやなぁ、ここまで未開いうんもきっついなぁ」

「まぁここでやっていくしかないよね」

今すこし口を大きくあけて、彼は笑ってかえした。

「キミの傷もあるし」

「とりあえず生き残れて何よりや」

彼はこの島につくと元気をとりもどしていた。

僕の目には危篤としてうつっていた昨日までの状態が嘘だったかのように、食欲も旺盛である。あるいは、死人のように目を閉じて体力を温存していただけかもしれない。浜辺と表現するにはやや躊躇するこの岩場に打ちあがった魚を見つけるや、生のまま食べていた。両手にもち交互に頬張る。乾燥して腐臭のない死魚が大半だったが、中には生きている魚もある。

「ほんまもうええんか？」

「僕にかまわず食べていいよ」

「潮で脂ぬけた魚やからか？」

僕はちがうと手ぶりで応じた。

「ほんならあと一匹だけな。残りは焼こか」

「そうだね」

「火ぃおこす石」陸内部の方角に顎をしゃくった。「あるかしらんな」

この浜辺にももちろん石はあるものの、火打石になる玉髄のような石はないようだった。彼が顎でさし示しているのは、陸内部の大半を占める森ではなく、その手前に見える平野だろう。猫の額ほどだったが、この土地においては貴重な居住空間となりそうだった。

「そうや」

何かを思いついたようにわざとらしく言った。

「最初にここの土地の名前決めよか？」

「名前？」

「何がええやろ」土地の命名より優先すべきことはありそうだったが、最初に地名をきめることで高まる何かがあるようである。「ええの思いついたわ」

「何?」

「秦から来た人間が住む場所」いうことで、といったんボリュームを落とす。「秦住《はだす》はどうや?」

よくわからなかったが、僕はうなずきかえした。一つ名前をつけたことで調子をよくしたのかもしれない。

「もっと平たい場所には宮廷おいて秦宮《しんぐう》」と命名をつづけた。「ほんでここら全部は、西から逃げて半島まわりこんだいうことで、隈野《くまの》でどうや?」

僕は黙ってうなずいた。

「楽しなりそうやな」

二つ目の命名のあたりから、僕は視線をはずして、陸内部にそびえる巨大な森を見つめていた。

「どうした? 楽しなりそうやろ?」

そこだけ欠落しているようにうつる黒い森である。

「ときちゃん」

彼は目を見開いてことばのつづきを促すそぶりを見せる。

「僕そろそろもどるね」

「そうか」

昔話はだいたいいつもこのあたりで終わった。

「そうやな」

今度は自分自身に言いきかせるように言って、計三匹の魚を一匹ずつ拾いあげた。反対の手には拳をつくっているので、僕たちは黙ったまま最後の〝安否確認〟をした。ときちゃんはそのまま波打ち際に下りようとする。そこまでの動作は比較的滑らかだったが、歩調はぎこちなかった。左足の歩幅は右足の五分の三ほどである。今夜は小舟の中で一晩すごすつもりなのだろう。

「ここまで付き合ってくれてありがと」

途中で向き直って僕に大声で言った。

「こちらこそ」

「おもろかったわ」

「うん」

「ほなまた」

「ときちゃん」僕はあとひとつ大事なことを思いおこした。

「持ってこなくてごめんね」

「もうええて。無事島に着いたんやし」

僕は食料・飲料のことではないと言った。

「高校のとき」

「こーこー……」思い出すまでに時間がかかった。「おうおう。あの野球のやな」

「弔辞にも一応書いたんだけど」

「……あぁ、おうおう」と、あいまいな返事をする。

「読んでくれたでしょ？」

「まだ読んどらん。どいらい忙しいで」

「そうなんだ」

「ええでええで、もう前んことは」

「うん」

僕はときちゃんと反対の方角にむかって歩きはじめた。巨大な抜け穴のようにうつる巨大な森である。霊験あらたかな存在としてではなく、僕の目には本当のただの抜け穴としてうつっている。行く手をはばむようにそびえつつ、存在感より欠落感のほうをおぼえる。この世界のほつれ目のようにぽっかりと空いているのである。本来傾斜のある地面の山肌に生いしげっているはずだが、僕の目には地面の山肌は一粒もうつっていない。生いしげるという動きもよく見えず、上空の烏の群れよりもはるかに黒い。目蓋の裏側に匹敵する黒であり、目を開けているときと閉じているときの区別がだんだんつかなくなる。完璧な黒と言っていいと思う。

初出

ＬＩＦＥ　「群　像」二〇一三年　七月号

東京五輪　「すばる」二〇一二年　五月号

西暦二〇一一　「文學界」二〇一二年　八月号

松波太郎（まつなみ・たろう）
1982年埼玉県生まれ。一橋大学大学院言語社会研究科修士課程修了。2008年「廃車」で文學界新人賞を受賞。2009年「よもぎ学園高等学校蹴球部」で芥川賞候補。同年、単行本『よもぎ学園高等学校蹴球部』を刊行。ほかの著作に、「アーノルド」「関誠」「サント・ニーニョ」「イベリア半島に生息する生物」などがある。

LIFE《ライフ》

二〇一四年一月二四日　第一刷発行

著者――松波《まつなみ》太郎《たろう》

発行者――鈴木　哲

発行所――株式会社講談社

東京都文京区音羽二―一二―二一

郵便番号　一一二―八〇〇一

電話　出版部　〇三―五三九五―三五〇四

販売部　〇三―五三九五―三六二二

業務部　〇三―五三九五―三六一五

印刷所――凸版印刷株式会社

製本所――大口製本印刷株式会社

ISBN978-4-06-218829-6